Diogenes Taschenbuch 24278

detebe

Schöne Bescherung

HINTERHÄLTIGE
WEIHNACHTSGESCHICHTEN

Ausgewählt von
Daniel Kampa

Diogenes

Nachweis
am Schluss des Bandes
Covermotiv: Illustration von
Tomi Ungerer

Originalausgabe

Diogenes Verlag AG Zürich
www.diogenes.ch
60/17/852/4
ISBN 978 3 257 24278 2

Inhalt

Jussi Adler-Olsen	*Kredit für den Weihnachtsmann* 7
Daniel Glattauer	*Gebrauchsanleitung für das familienfreundliche Absingen der wichtigsten Weihnachtslieder* 21
Bernhard Strobel	*In guter Gesellschaft* 32
Martin Suter	*Die Anstatt-Frage* 55
Alexander Osang	*Stille Nächte* 59
Axel Hacke	*Die Christbaumkugel* 72
Eugen Roth	*Das Weihnachtsbild* 76
Erich Kästner	*Eine nette Bescherung* 90
Franz Hessel	*Geschichte des alten Mädchens* 95
Eduard von Keyserling	*Geschlossene Weihnachtstüren* 100
Marie von Ebner-Eschenbach	*Fräulein Susannens Weihnachtsabend* 115
Karl Valentin	*Das Christbaumbrettl* 141
Saki	*Der Nemesis-Tag* 151

Maxim Biller *Weihnachten* 160
Wiglaf Droste *Das letzte Tabu* 163
Joachim Ringelnatz *Weihnachten in der Tropenhitze* 167
Gerhard Polt *Mein schönstes Weihnachtserlebnis* 169
Ingo Schulze *Schöne, wertvolle Dinge* 171
Joey Goebel *Sich irgendwie durchwursteln* 175

Anstelle eines Nachworts
Kurt Marti *Warum ich keine Weihnachtserzählungen mehr schreibe* 226

Nachweis 229

JUSSI ADLER-OLSEN

Kredit für den Weihnachtsmann

Als er klein war, nannten sie ihn einen Schlawiner. Was für ein Junge! So große Augen! Und dieses Lächeln! Das war vor langer Zeit gewesen: vor genau fünf geknackten Autos, Dutzenden Ladendiebstählen und ungezählten Betrügereien.

Brian hatte seine Strafe verbüßt. Er lebte nun in Ishøj mit seiner Frau, deren Bauch langsam, aber sicher wuchs. So weit war alles gut, nur – gerade war er hochkant gefeuert worden. »Hau ab und komm nicht wieder, sonst zeigen wir dich wirklich an«, hatten sie gesagt. Fünf Tage vor Weihnachten. Ohne eine Öre Kleingeld in der Tasche. Verdammt, wieso hatte es so kommen müssen? Aberhunderte von Menschen mit blassen Gesichtern und nachlässig abgestellten Taschen am Fußende der Betten hatte er durch die Klinikflure geschoben. Das war schließlich sein Job gewesen. Warum zum Teufel hatte er bloß die Finger in das Portemonnaie gesteckt? Wer bestiehlt schon jemanden, der wachen Auges dabei zusieht? Nur ein Idiot.

Ein absoluter Idiot! Bedrückt stand Brian vor dem Kaufhaus. Rote Herzen, groß wie Wagenräder, blinkende Lichter. Menschen hasteten vorbei, um in letzter Minute noch Geschenke zu besorgen. Nur der Idiot konnte nicht mithalten und dabei sein. Brian Severin Jørgensen, ehemals verurteilt und nun schon wieder gestrauchelt. Seine Liebste würde sofort stutzen, wenn der Platz unter dem Weihnachtsbaum leer wäre. O verdammt, was für ein Versager. In sechs Tagen würde er allein vor einem nadelnden Weihnachtsbaum sitzen und an den Bauch denken, der dort drüben im gottverlassenen Jütland bei ihren Eltern immer weiter wuchs.

Zum Kuckuck, Brian, dachte er. Unter dem Weihnachtsbaum *müssen* Geschenke liegen. Fünf mindestens, sonst war was los.

Als Brian merkte, wie ihn ein Kaufhausdetektiv beobachtete, kam ihm eine Idee. Der Typ steckte in einem Weihnachtsmannkostüm. Brian kannte ihn und starrte zurück. So ein Kostüm müsste man haben, dachte Brian. Was man darunter alles verstecken könnte!

Er ließ den Blick schweifen. Bei den Rolltreppen entdeckte er noch einen Weihnachtsmann. Auf jeder Etage war wahrscheinlich mindestens einer. Doch – die Idee war nicht schlecht. Ein Weihnachtsmann mehr oder weniger in diesem riesigen

Kaufhaus, wer zum Teufel würde das schon bemerken.

Den Umkleideraum fürs Personal fand er im dritten Stock. Dort hingen, hübsch aufgereiht auf Bügeln, noch drei Weihnachtsmannkostüme, dazu gab es die passenden gelben Holzpantinen. Er zog das größte Kostüm über. Himmel, darin wurde einem vielleicht warm.

Er sah sich um. In der Ecke stand eine Sporttasche. Adidas und ziemlich schmutzig. Kurz entschlossen zog er das Kostüm wieder aus, warf Jeans, Hemd und Windjacke drüben in die Ecke, stellte die Tasche oben drauf und zog dann wieder das Kostüm an. Das war angenehmer so. Zufrieden mit sich selbst nickte er seinem Spiegelbild zu. Die Weihnachtsmannmütze saß keck schräg auf dem Kopf, der Wattebart verdeckte das Gesicht vorzüglich, die Hose saß wunderbar locker. Er beschloss, das Kostüm anzubehalten, bis er zu Hause im Flur stehen würde. Teufel auch. Weihnachten war gerettet!

Brian verfolgte jetzt Frauen, aber natürlich nur besondere Frauen, die eine ähnliche Figur wie seine Frau hatten. Er schlüpfte, gleich nachdem sie wieder gegangen waren, in die Umkleidekabinen und sammelte ein, was sie auf den Bügeln hatten hängen lassen. Wie fix doch so ein Paar Holzpantinen diese behämmerten Diebstahlsicherungen knacken konnte.

Gesegnet seien die schludrigen Frauen, dachte er und band sich die Sachen um den Leib. Markenartikel, die er noch nie zuvor in Händen gehalten hatte. Seidiges von Simone Pérèle, Chantelle und Passionata sowie hauchzarte Unterwäsche von La Perla. Alles in Größe vierzig und Einzelnes in zweiundvierzig für die späteren Schwangerschaftswochen.

Genial, dachte er und tätschelte seinen eigenen langsam wachsenden Bauch. Sobald die Jacke des Weihnachtsmanns richtig straff sitzen würde, hätte er sein Ziel erreicht. Aber noch war Platz für mehr da. Möglichst unauffällig lauerte er Frauen auf, die Nachtwäsche probierten. Gern so was Knappes mit dünnen Trägern … Was bei pikanten Klamotten nebenbei abfiel, war nämlich nicht zu verachten. Das hatte er gelernt.

Den Weihnachtsmannkollegen entdeckte er erst, als der ihn angaffte. Dieser Blick verhieß: »Du bist durchschaut. Warte nur, einen Augenblick noch, und die Handschellen schnappen ein.«

Schon tauchte ein weiterer Weihnachtsmann auf. Im Hintergrund quakten die Lautsprecher etwas von Spielzeugangeboten im vierten Stock und plötzlich ernster: »Hier spricht der stellvertretende Direktor Antonsen. Soeben wurde die Hauptkasse unseres Kaufhauses überfallen. Deshalb bitten wir …«

In diesem Moment bemerkte Brian, dass keiner der Weihnachtsmänner Holzpantinen trug. Ohne diese klobigen Dinger waren sie bestimmt schnell wie der Blitz.

Verdammt, Brian, mach, dass du wegkommst, ehe die sich formiert haben, dachte er und nahm direkt auf die Rolltreppe Kurs. Ein Junge schrie laut auf, als Brian ihm mit seinen Riesenlatschen auf die Zehen trat. In großen Sätzen rannte Brian vorbei an verdatterten Kundinnen, die sich ungern ihre Nerze ruinieren lassen wollten. Brian wusste ganz genau, was hinter ihm passierte. Die Weihnachtsmänner spurteten die Treppen hinunter. Die Nerzmäntel würden binnen kurzem im Servicebüro stehen und Stunk machen.

Sieh zu, dass du den Mist loswirst, schoss es ihm durch den Kopf. Der Tag hatte mit duftendem Kaffee und heißen Umarmungen auf dem Sofa begonnen. Wenn Brian nicht aufpasste, endete das Ganze zwischen Knackis hinter Gittern. Weihnachten à la Vridsløse-Knast.

Brian nahm die Hintertreppe, beim Rennen scannte er die Umgebung und entdeckte tatsächlich eine Kundentoilette. Anscheinend hatte er seine Verfolger abgehängt. Vielleicht musste er nur noch ein Weilchen warten, bis die Lage sich komplett beruhigt hatte. Und trotzdem! Die Leute standen sicherlich an den Ausgängen und hielten Ausschau nach einem Ladendieb im Weihnachtsmannkostüm. Verdammt! Seine eigene Kleidung lag etwa fünfhundert Schritte von hier entfernt, unmöglich zu erreichen. Hätte er die Sachen doch bloß anbehalten! Hätte er doch lediglich ein paar Herrenklamotten geklaut!

Er trippelte vor der Toilettentür auf und ab. Endlich öffnete so ein Alter selig lächelnd die Tür. Brian schob sich in die Kabine. Jetzt musste er schnellstmöglich das Diebesgut loswerden und abhauen. Sollten sie doch eine Leibesvisitation durchführen. Was konnten sie ihm schon nachweisen? Dass er das Kostüm des Weihnachtsmanns angezogen hatte? War es denn etwa verboten, die Leute in Weihnachtsstimmung zu versetzen.

»Weihnachtsmann, bist du da drin?«, hörte er von draußen eine helle Stimme.

Was zum Teufel hatte ein Weib auf dem Männerklo zu suchen?

»Komm schon raus, ich kann ja deine Holzpantinen unter der Tür sehen«, hörte er die Stimme wieder.

Was für ein Scheißtag, dachte er und schloss auf.

»Gut, dass ich dich hier gefunden habe«, sagte die Frau. »Nun komm!« Sie machte einen sehr energischen Eindruck. Die hatte bestimmt Pfefferspray in der Handtasche.

»Sie warten schon auf dich da hinten in der Spielwarenabteilung«, rief sie ihm zu und eilte weiter in Richtung eines vergoldeten Königsthrons.

Was ging hier eigentlich vor?

Unwillig nahm Brian auf dem Thron im Scheinwerferlicht Platz. Er umriss seine Situation erst, als er sich etwa zwanzig Kindern gegenübersah, die ihn erwartungsvoll anstarrten. Sie wünschten sich sehnlich Wii-Spiele und Playstations und Barbie-Kissen aus Mikrofaser, und *er* sollte das alles herbeischaffen.

Auf keinen Fall setzen die sich auf meinen Schoß, dachte er. Da hätte ich ruckzuck auch noch eine Anklage wegen Pädophilie am Hals. Ich käme nie mehr auf freien Fuß.

»Wir möchten die Aufmerksamkeit der Kunden auf einen etwa einen Meter fünfundachtzig großen Ganoven lenken, der als Weihnachtsmann verkleidet ist und Holzpantinen trägt«, tönte es aus den Lautsprechern des Kaufhauses. »Wir bitten um äußerste Vorsicht, denn er könnte bewaffnet sein. Bitte wenden Sie sich …«

Brian sah an sich hinunter. Mannomann, die Beschreibung passte ja haargenau. Was ging hier ab? Sollte er jetzt auch noch wegen Gewaltanwendung angeklagt werden?

»Du bist aber hässlich«, sagte das erste Kind in der Reihe, dem der Rotz aus der geröteten Nase lief. Die Erwachsenen standen im Halbkreis außen rum und musterten Brian, als wäre er ein Massenmörder.

»Und was wünschst du dir denn?«, knurrte Brian dem Jungen zu. Mindestens dreißig vorwurfsvolle Augenpaare waren auf ihn gerichtet. Brian versuchte, seine Lage zu überdenken.

Alarmierte Eltern, habgierige Kinder und zwei grimmige Weihnachtsmänner mit Spezial-Sportschuhen. Er spürte, wie sich der Schweiß unter der Mütze sammelte und der Wattebart den Mund immer mehr verklebte. Wie zum Teufel kam er hier nur wieder raus?

»Ich will eine Beautybox für mich allein«, sagte eine auch ohne diese Beautybox auffallend stark geschminkte zehnjährige Blondine mit kreideweißem Lächeln. »Das musst du unbedingt meiner Mami sagen.«

Zu spät bemerkte Brian, wie fasziniert das Mädchen von seinem Bart war. Sie kämmte die weiße Lockenpracht mit ihren Fingern von oben nach unten, so als hätte sie eine Frisierpuppe vor sich. Immer tiefer griff sie hinein. Schließlich war sie bis zum Revers des Mantels vorgedrungen. Darunter bekam sie etwas zu fassen. Sie kicherte hysterisch, und die anderen Kinder stimmten schrill ein, als sie einen Chantelle-BH durch den Weihnachtsmannbart manövrierte.

Brian kniff die Augen zusammen. Klaute ihm die kleine Mistbiene vor aller Augen sein mühsam erworbenes Diebesgut? Konnte es überhaupt noch schlimmer kommen?

»Schau mal, Mami!«, rief das Mädchen und klappte den Weihnachtsmannmantel ganz auf. »Der hat unsere Geschenke dabei! Hab' ich doch gleich gesagt.«

»Briannnn!«, donnerte da eine nur allzu vertraute Stimme aus der Mitte der Zuschauerschar. In wilder Panik riss er die Augen auf. O nein, da stand sie, seine Liebste mit dem schwangeren Bauch, und hielt kleine Teddybären in den Händen. Es wurde also alles für die Ankunft des Babys vorbereitet, die garantiert in Jütland stattfinden würde. So viel war klar.

Wie aus dem Nichts stürzten jetzt die beiden als Weihnachtsmänner verkleideten Kaufhausdetektive auf ihn zu. Die Menge stob auseinander. Alle schubsten und drängelten erbarmungslos. Keiner wollte niedergemetzelt werden von einem durchgeknallten Ladendieb, dem nicht mal Weihnachten heilig war.

Es sah nicht gut aus für Brian.

Da entdeckte er in dem riesigen Tumult das Kind. Es stand ganz hinten bei der abwärtsführenden Rolltreppe, viel zu nahe am niedrigen Geländer. Die vielen drängelnden Menschen schoben sich immer dichter auf das Kind zu. Es war nur noch eine Frage von Sekunden, bis es keinen anderen Ausweg mehr sehen würde. Brian holte aus und verpasste dem ersten Detektiv einen Hieb, der den Mann umwarf und den dahinter stehenden Kollegen gleich mit. Dann stürzte Brian sich in die panische Menschenmenge wie ein Löwe in eine Horde Gnus, die am Durchgehen ist. Kometenhaft schnell erreichte Brian das Geländer der Rolltreppe und die beiden kleinen Hände, die gerade über den Rand gleiten wollten. »Hier, fass an!«, rief er und warf dem Kind einen Ärmel von Passionata zu.

Fünf Minuten später standen drei Kriminalpolizisten mit ernsten Mienen in einem der Kaufhausbüros und fixierten ihn. »Brian, Sie sind im Milieu bekannt. Deshalb haben die Detektive Sie die ganze Zeit im Auge behalten. Und so wissen wir auch, dass Sie die Hauptkasse nicht ausgeraubt haben können«, sagte einer der Beamten.

»Vielleicht war es der Weihnachtsmann, der statt meiner in der Spielzeugabteilung hätte sitzen sollen?«, mutmaßte Brian. Er wusste es ja auch nicht.

Ein Polizist schüttelte den Kopf. »Kaum. Der wurde gefunden. Unten in der Weinabteilung, sturzbetrunken.«

Brian bemühte sich, den Augen seiner Frau auszuweichen. Wie peinlich, hier in Unterwäsche zu sitzen, umwickelt von Diebesgut.

»Wo sind Ihre Sachen?«, fragte der Beamte.

Brian erklärte alles wahrheitsgetreu, und dass Hose, Hemd und Jake unter einer weißen Adidas-Sporttasche in einem Umkleideraum fürs Personal lagen.

»Gehen Sie bitte und holen Sie die Sachen«, sagte der Polizist zu Brians Frau. »Wir haben in der Zwischenzeit ein paar Worte mit Ihrem Mann zu wechseln.«

Brian wagte nicht, sie anzusehen. Ob sie wohl zurückkommen würde?

»Tja, Brian. Eigentlich müssten wir Sie wegen Kaufhausdiebstahls anzeigen«, fuhr der Beamte fort. »Aber im Augenblick beschäftigt uns ein weit schwereres Delikt. Außerdem haben Sie für die geistesgegenwärtige Rettung eines Kindes etwas Kredit verdient.«

Ein Mann trat vor. Es war Antonsen, der stellvertretende Direktor, der den Diebstahl der Hauptkasse über die Kaufhauslautsprecher bekanntgegeben hatte.

Antonsen lächelte. »Jetzt geben Sie alle gestohlenen Artikel zurück, Brian, und dann gehen Sie mit Ihrer Frau nach Hause und lassen sich hier nie mehr blicken. Verstanden?«

Brian nickte. Aber er war sich nicht sicher, ob er dieses Ende der Geschichte gutheißen konnte. Würde er verhaftet, hätte er zumindest über Weihnachten Kost und Logis frei. Wer aber garantierte ihm das noch für zu Hause?

In diesem Moment trat Brians Frau ins Büro. Offenbar hatte sie seine Sachen in die Sporttasche gestopft.

»Hier«, sagte sie. »Die Tasche stand nicht auf den Sachen, sondern hinten in einer Ecke.«

Der gepflegte Antonsen zuckte zusammen. »Das ist meine Tasche!«, rutschte es ihm heraus.

»So ein Quatsch«, sagte Brians Frau. »Schauen Sie doch.« Sie drehte die Tasche um. BRIANS.JØRGENSEN stand da in zierlichen schwarzen Blockbuchstaben.

Brian lächelte schwach. Das war unverkennbar die Handschrift seiner Frau. Sie hatte das bestimmt mit ihrem Eyeliner geschrieben. Aber warum?

Unerwartet lächelte sie zurück. Wirkte fast sanft. »Hier, Brian. Zieh deine Sachen an«, sagte sie und reichte ihm die Tasche. »Wenn du so weit bist, nehme ich die Tasche mit nach Hause.«

Brian fiel auf, dass der stellvertretende Direktor plötzlich nach Luft rang. Verräterische Schweißperlen liefen Antonsen übers Gesicht. Also deshalb lächelte Brians Frau.

Brian warf Antonsen einen unmissverständlichen Blick zu. ›Das war smart, Kumpel. Hat aber nicht geklappt. Du hast das Geld geklaut, ich weiß es. Cool, die Schuld einem nicht existierenden Weihnachtsmann in die Holzpantinen zu schieben, während du die heiße Ware versteckst. Echt schade, dass es nun trotzdem der Weihnachtsmann sein wird, der mit dem Mist abzieht, wie?‹ Und dann fügte er mit seinem schärfsten Killerblick hinzu: ›Unterstеh dich, noch irgendwas in der Sache zu unternehmen, ist das klar?‹

Brian steckte die Hand in die Sporttasche und zog vorsichtig seine Kleidung heraus. Ja, genau. Darunter lag eine Plastiktüte, die gut und gerne so etwas wie gebündelte Geldscheine enthalten mochte.

»Schatz, mach dir keine Sorgen«, sagte Brian. »Die lassen mich mit dir nach Hause gehen. Natürlich trage *ich* die Tasche und nicht du.«

Mit leuchtenden Augen sah er die Umstehenden an.

»So macht das nämlich ein echter Weihnachtsmann.«

DANIEL GLATTAUER

Gebrauchsanleitung für das familienfreundliche Absingen der wichtigsten Weihnachtslieder

Die wohl erschütterndste aller ergreifenden Szenen der gesamten Weihnachtszeit findet am Heiligen Abend in Christbaumnähe unmittelbar vor der Bescherung statt: Es wird gesungen. Warum? Das weiß keiner so genau. Knapp nach Christi Geburt muss wer damit begonnen haben. Bis heute ist es noch kaum wem gelungen, damit aufzuhören. Die Regeln sind einfach: Jeder singt gegen jeden – und zwar möglichst gleichzeitig. Was wird gesungen? Mindestens *ein* Weihnachtslied. Am besten, man einigt sich auf ein bestimmtes. Es empfiehlt sich aber, mehrere Lieder hintereinander zu singen, um die jeweils vorangegangene Darbietung rasch ungeschehen zu machen. Wenn dann das letzte Lied abgesungen im Raum steht, ist bereits ein gewisser Gewöhnungseffekt eingetreten. Textkenntnisse sind übrigens nicht zwingend erforderlich. Aber Vorsicht: Manche Lieder haben mehrere Strophen. Als dankbarer Textersatz gelten gemeinhin das nasal erzeugte »na-na-na« und das eher lateral hervorgebrachte »la-la-la«. Gern auch die Kombination: »na-na-na, la-la-la, na-na, la-la, na-na-la«. Dynamische Passagen können mittels »tam ta ram tam« genommen werden.

Als kleines Dankeschön dafür, dass Sie dieses Büchlein erworben haben, legen wir Ihnen nun einen Handzettel für den Heiligen Abend vor, eine Anleitung zum familienfreundlichen Absingen der wichtigsten Weihnachtslieder. So bewältigen Sie ohne Stimmungs- und Stimmreibungsverluste die bangen Minuten vom Anzünden der Kerzen und bis zum Auspacken der Geschenke.

Stille Nacht, heilige Nacht

Inhalt: Wie schon der Titel andeutet, ist die Nacht still. Alle schlafen. Fast alle! Nicht so das traute hochheilige Paar. Es wacht über den kleinen Jesus, soeben geboren, Lockenfrisur, göttlicher Mund, lacht lieb. Zuerst wussten es nur die Hirten, dann aber verbreiteten es die Engel via Halleluja: Christ der Retter ist da!

Knifflige Textzeilen: »Gottes Sohn, o wie lacht« – kommt unerwartet in der zweiten Strophe, in der jeder Stille-Nacht-Amateur noch einmal mit »Alles schläft, einsam wacht« rechnet. »Hirten erst kundgetan« – ungewöhnliche Wortstellung.

Melodie: beginnt einfach, endet anspruchsvoll.

Schlüsselpassagen: 1. Das erste »i« von »himmlischer« ist fatalerweise der höchste Ton des Liedes. Vorsicht: Akute Quietschgefahr! Holen Sie beim »H« davor tief Luft, reißen Sie die Mundwinkel weit auseinander, und pressen Sie die Augenlider fest zusammen.

2. Das »u« der ersten »Ruh« geht über drei Töne, verlangt Ihnen also eine kraftraubende Terz ab. Sind Sie unsicher, dann setzen Sie lieber zwei kurze »u« hintereinander. Also »Ru«, Pause, »u«. Wenn Sie »Ruh« in einem nehmen, also »schmieren« wollen (Ruuu-uuuuuh), dann bewegen Sie den Kopf begleitend von unten nach oben. Auch die Hände gehen mit (Vorsicht, brennende Christbaumkerzen!), so wird der Ton automatisch in die Höhe getragen.

3. Das zweite »Ruh« in der ersten Strophe stellt den tiefsten Ton des Liedes dar und verendet deshalb oft als Grunzgeräusch. Um mehr Tiefe herauszuholen, einfach das Doppelkinn ausfahren. Frauen können den letzten Ton auch eine Oktav höher ansetzen.

O du fröhliche

Inhalt: Ein sehr positives, heiteres Lied. Gelobt wird die Weihnachtszeit generell. Einzig bedrückende Passage: »Welt ging verloren«. Aber postwendend wurde Jesus geboren. Gnade herrscht vor, und alle versöhnen sich.

Knifflige Textzeile: »Himmlische Heere jauchzen Dir Ehre« – diesen Vers in der dritten Strophe kennt kaum wer, singt also praktisch kein Mensch fehlerfrei.

Melodie: beginnt sprunghaft, beruhigt sich ab der Mitte.

Schlüsselpassagen: 1. Gleich am Anfang lauert die größte Hürde. Man singt »O-du-fröh-li-che-e« und läuft Gefahr, das »e-e« wie den grausamen Schrei einer ausgehungerten Saatkrähe klingen zu lassen.

2. Schwierig auch die zweite Zeile. Man neigt zur Analogie: »O-du-se-li-ch-e. Es heißt aber nicht »selich«, sondern »selig«, also »se-li-ge-e«.

3. Vorsicht! Die letzte Strophenzeile muss wiederholt werden. Aus »Feue dich, o Christenheit« entsteht dann »Freue-di-ich, freue-dich-o-Christenheit« oder »Freue-dich-o, freue-dich-o-Christenheit«, aber bitte keinesfalls: »freu-eu-eu-e, freue dich-o-Christenheit«.

Fröhliche Weihnacht überall

Inhalt: Ähnlicher Ansatz wie bei »O du fröhliche«. Extrem angenehmes Klima, in jedem Haushalt gute Gerüche, schöne Töne und Bäume. Eben typisch Weihnachten. Und alles verdanken wir auch dieses Mal wieder dem Christkind.

Knifflige Textzeile: keine.

Melodie: ziemlich flott für Ungeübte.

Schlüsselpassage: Auch hier ist der Einstieg das Meisterstück und erfordert große Konzentration. Die ersten fünf Silben (fröh, li, che, weih, nacht) müssen auf sechs Töne verteilt werden. Das heißt, dass Sie sozusagen stotternd zu singen beginnen müssen: »Frö-hö-liche«. Versäumen Sie das »hö«, können Sie den Fehler kaum noch kaschieren. Es bliebe dann die gegrinst klingende: »Frö-li-hi-che« oder gar die hämische »Frö-li-che-che« Weihnacht, noch dazu überall.

Ihr Kinderlein kommet

Inhalt: Das Lied ist eine herzliche Einladung an alle Kinder, zur Krippe in den Stall nach Bethlehem zu kommen und sich das holde himmlische Kind anzusehen, wie es auf Heu und Stroh liegt. Auch Maria und Joseph betrachten es (froh). Wieder mit dabei: betende Hirten und jubelnde Engel.

Knifflige Textzeilen: »Seht hier bei des Lichtes hellglänzendem Strahl« – etwas zu hochgeschraubt für ein Lied, das alle Kinder erreichen und nach Bethlehem führen will. »Oh beugt wie die Hirten anbetend die Knie« – anbetende Kniebeugen sind in unserem Kulturkreis selbst bei Hirten keine Alltäglichkeit mehr und deshalb auch sprachlich schwer verständlich.

Melodie: leicht, locker, angenehm. Für viele Jüngere das Weihnachtslied schlechthin.

Schlüsselpassage: War es bei »Stille Nacht« das Eigenschaftswort »himmlisch«, so führt hier das Hauptwort »Himmel« zum höchsten Ton des Liedes. Wollen Sie's pathetisch anlegen, dann betonen Sie: »der Vater im Hiiiiii-mel für Freude uns macht«. Mögen Sie's erdiger und brummiger, wie etwa beim Flug einer Hummel, dann singen Sie: »der Vater im Himmmm-mel für Freude uns macht«.

Leise rieselt der Schnee

Inhalt: Idyllische Beschreibung einer Winterlandschaft, knapp vor der Geburt Jesu, auf die sich alle Beteiligten freuen und alle Unbeteiligten freuen dürfen.

Knifflige Textzeile: keine

Melodie: schön, einfach, bedächtig, melancholisch.

Kann vor allem Großeltern zu Tränen rühren und somit den Familiengesang beeinträchtigen.

Schlüsselpassage: Der erste Ton, der länger gehalten werden muss, fällt mit »Schnee« auf ein gesangtechnisch äußerst undankbares »e«, der zweite mit dem vier Tonleiterstufen tiefer befindlichen »See« ebenfalls. Üben Sie deshalb schon vorher in verschiedenen Stimmlagen »eeeeeeeeeeee«.

Kling Glöckchen klingelingeling

Inhalt: Beim Ich-Erzähler handelt es sich um ein kleines Kind, möglicherweise um das Christkind selbst, das vor der Tür steht, mit einer Glocke läutet und die Kinder des Hauses bittet, in die warme Stube gelassen zu werden, damit es nicht erfrieren muss. Als Gegenleistung bietet es milde Gaben an.

Knifflige Textpassagen: gibt es zwar keine, aber das kindlich formulierte Lied mit seinen zahlreichen Klingelings und Verniedlichungsformen (Glöckchen, Bübchen, Stübchen) verleitet viele Erwachsene dazu, in die Babysprache zu verfallen und die Stirn in Falten der bemitleidenswerten Unterwürfigkeit zu legen, was zu peinlichen Szenen führen und zur Folge haben kann, dass sich die eigentlichen Adressaten, die Kinder, um das Wohl ihrer Eltern und

Großeltern sorgen und keine Geschenke mehr anzunehmen wagen.

Melodie: süß, lieblich, kindgerecht. Man sollte über ein Singverbot für Kinder über vierzig Jahren nachdenken.

Schlüsselpassagen: Sämtliche Kingelingelings, die dem Leierkasten alle Ehre machen, wenn sich die Interpreten in weinerlichen Tonschleifen verheddern.

Schneeflöckchen Weissröckchen

Inhalt: Aufruf an eine Schneeflocke, von den Wolken herunterzukommen, sich ans Fenster zu setzen, die Blumen zuzudecken und einem Schneemann als materielle Substanz zu dienen. Das Christkind kommt dieses Mal nicht vor.

Knifflige Textpassage: Wenn man den Einstieg »Schneeflöckchen Weißröckchen« gut über die Lippen gebracht hat, dürfte nichts mehr passieren.

Melodie: extrem einfach, um nicht zu sagen: deppensicher.

Schlüsselpassagen: keine bestimmten. Nach dem Glöckchen (siehe vorheriges Lied) nun also Flöckchen und Röckchen. Dringliche Empfehlung an alle Erwachsenen: Wir wissen, dass Sie dieses Lied lieben und bei der Interpretation so richtig aus sich herausgehen könnten. Aber – es ist ein Kinderlied. Treten Sie leiser, und lassen Sie die Kleinen auch ein bisschen singen!

O Tannenbaum

Inhalt: Eine in diesem Ausmaß beispiellose Huldigung einer Baumgattung, eine Serie von Komplimenten an die Tanne: Ihre (irrtümlich als Blätter ausgewiesenen) Nadeln seien der Inbegriff der Treue und unverwüstlich in ihrer grünen Farbe. Zu Weihnachten hätten alle ihre helle Freude an ihr. Zudem gebe sie aufgrund ihrer Beständigkeit Mut und Kraft zu jeder Zeit.

Knifflige Textzeile: Die zweite Textzeile »Wie *treu* sind deine Blätter« wird in manchen Haushalten zu »Wie *grün* sind deine Blätter«. Bitte vorher einigen, ob »grün« oder »treu«.

Melodie: geht sofort ins Ohr und oft Monate lang nicht mehr aus diesem heraus.

Schlüsselpassagen: jedes der zahlreichen »O Tannenbaum«, vor allem das erste. Hier schießen viele Gesangsinterpreten dramaturgisch übers Ziel hinaus und wähnen sich in der furiosen Eröffnung von Beethovens fünfter Symphonie.

Es ist ein Ros' entsprungen

Inhalt: In diesem um 1500 entstandenen Lied, zu dem sich bisher noch niemand bekannt hat, wird auf geschickt verklausulierte Weise und in blumiger Sprache sehr viel von Maria verlangt. Sie soll ein Kind gebären und dennoch »reine Magd« (also Jungfrau) bleiben. In einem modifizierten evangelischen Text darf Maria vor dem Gebären des Kindes ihre Jungfräulichkeit ausnahmsweise verlieren.

Knifflige Textpassagen: Die größten Probleme macht noch immer das Wort »Ros'«. Früher betrachtete man den Text eher landwirtschaftlich. Ros' war ein Ross, ein entsprungenes Pferd, was sonst? Vegetarier verweigerten diese derbe Interpretation und ersetzten »Ros« durch »Reis«. Schließlich setzte sich aber doch die Rose durch. Sehr schräg für Kinder: »Aus Jesse kam die Art«. Darunter kann man sich wenig vorstellen. Am besten gar nicht viel darüber nachdenken.

Melodie: schön, melancholisch, wenig Höhen und Tiefen, ein bisschen einschläfernd. Tipp: Nicht damit enden, zum Beispiel »O Tannenbaum« nachlegen.

Schlüsselpassagen: Die Kombination aus dubiosem Inhalt, schwierigem Text und trauriger Melodie funktioniert nur eine Strophe lang. Vielleicht eine Lalala-Nanana-Strophe anschließen. Noch besser: Mit dem Vers »Wohl zu der halben Nacht« aufhören.

BERNHARD STROBEL

In guter Gesellschaft

Lange Zeit bin ich am Weihnachtsabend nicht mehr zu Hause gewesen. Es war vielleicht das letzte Mal, dieses Jahr, das allerletzte Mal, ein Menschenleben währt nicht ewig.

Ich will nicht behaupten, dass ich es satthabe, zu leben; aber die Vorstellung, sozusagen meine letzte große Feierlichkeit zu begehen, erfüllte mich in den vergangenen Tagen immer häufiger mit einem Gefühl großer Wärme und Zufriedenheit. Und es musste wohl aufgrund dieser außergewöhnlichen Hochstimmung gewesen sein, dass ich mich am frühen Nachmittag unvermittelt dazu entschloss, hinauszugehen und einen Weihnachtsbaum zu kaufen. Ich wusste, dass bei der Schnellbahnstation nahe dem Einkaufszentrum ein Händler zu finden war, und ich ging fröhlich und mutig und sagte mir: Jawohl, es ist dein einundachtzigstes Fest, und es ist ein schönes Fest.

Aber ich musste kurzzeitig vergessen haben, wie alt ich aussehe, denn als ich eine Viertelstunde später unter der Brücke bei der Station ankam, erlebte ich die erste bittere Niederlage des Tages.

Ich fand eine prächtige Silbertanne; ich packte sie am Kragen, um sie mir nicht von einem Jungen mit dicken Brillen wegschnappen zu lassen, der sie aus der Ferne ins Auge gefasst hatte. Dann winkte ich dem Händler. Und während ich ihn auf mich zukommen sah, beschlich mich die Vermutung, dass das Geschäft nicht reibungslos über die Bühne gehen würde. Ich wollte den Preis drücken, worauf er wider Erwarten einstieg. Doch als er fragte, wo ich meinen Wagen geparkt hätte, damit er mir helfen könne, den Baum einzuladen, und ich antwortete, dass ich kein Auto besäße, blieb er stur und wollte wissen, wo ich wohnte, ich sagte es ihm, und da fing er an, aus vollem Halse zu lachen.

»Zum Teufel, was geht es Sie an, wo ich wohne?«, sagte ich so laut ich konnte. »Wollen Sie ein Geschäft machen oder nur dastehen und dumm vor sich hin lachen?«

»Oh, keine Sorge, ich mache meine Geschäfte«, erwiderte er ruhig. »Aber ich gehöre nicht zu denen, die dafür über Leichen gehen.«

Mir stockte der Atem, als ich ihn das sagen hörte. Er hatte großen Spaß daran, den Kabarettisten zu geben, und sein Blick haschte gierig nach der Aufmerksamkeit der anderen Kunden, von denen einige in der Nähe standen und warteten. Sie stiegen darauf ein und lachten. Wahrscheinlich fürchteten sie, auf ihren Preisnachlass verzichten zu müssen, wenn sie es nicht taten. Selbst der Junge mit Brille grinste, obwohl er die Unverschämtheit hinter den Worten kaum begriffen haben konnte.

»Haben Sie eine Ahnung, wie viel dieser Baum wiegt?«

»Haben Sie eine Ahnung, wie kräftig ich bin?«, entgegnete ich blitzartig, zerrte mit aller Gewalt die Tanne hinter mir her und fand großes Vergnügen daran, mit lauter Stimme für alle gut hörbar hinzuzufügen: »Und für Ihre diskriminierenden Worte erlaube ich mir, zwanzig Prozent vom ausgehandelten Preis abzuziehen.«

Dann griff ich in die Hosentasche nach einem Geldschein, klatschte ihn auf seine Handfläche und verabschiedete mich. Ich fühlte die Blicke in meinem Rücken. Ich fand, dass ich mich tapfer geschlagen hatte, es war ein würdevoller Abgang.

Doch nachdem ich die fünfzehn Meter bis zur nächsten Hausecke hinter mich gebracht hatte, musste ich mich hinter der Mauer verstecken, um zu verschnaufen. Ich war niedergeschlagen. Es ist Zeit, dass du gehst, sagte ich mir. Du bist viel zu lange ein Teil der allgemeinen Komödie gewesen, jetzt ist's genug. Und sollte auch das Schicksal nicht die Güte haben, sich auf meine Seite zu schlagen, was es selten getan hat, und mich spätestens bis Sommerbeginn dorthin geleiten, wohin ich gehöre, so bleibt mir als nächster Schritt in die richtige Richtung noch immer das Heim. Auch dort hast du deinen Baum und sogar Gesellschaft, und mit vorlauten Händlern brauchst du dich erst gar nicht herumzuschlagen.

Ich ließ den Baum, wo er war, ich hatte ihn an die Hausmauer unter ein Fenster gelehnt, und ohne mich zu vergewissern, ob ich beobachtet wurde, machte ich mich davon.

Die letzten zwanzig Jahre habe ich Weihnachten bei meinen Töchtern verbracht. Sie behaupten, mich zu lieben, und werden nicht müde zu beteuern, dass sie mich gern um sich haben. Das kann man bezweifeln angesichts der Tatsache, dass ich in den langen Jahren, die ich abwechselnd bei der einen und bei der anderen verbracht habe, drei Scheidungen und einen Wohnungsbrand wenn nicht ausgelöst, so immerhin begünstigt habe. Ich neige dazu, Chaos zu verursachen; ich fand, dass es an der Zeit war, loszulassen. Auch sie haben es verdient, in Ruhe gelassen zu werden. Heutzutage ist die Familie gegenüber dem persönlichen Glück ins Hintertreffen geraten; das muss man akzeptieren, wenn man noch ein wenig an dieser Welt, an diesem Wettkampf teilhaben will.

Zu Hause nahm ich das Telefon vom Netz und ließ mich aufs Bett fallen. Ich sank fast augenblicklich in einen tiefen Schlaf. Ich war erschöpft, außerdem wusste ich nicht, wie ich die Stunden bis zum frühen Abend verbringen sollte. Die Tage sind so lang, es ist kaum auszuhalten. Ich erwachte zweieinhalb Stunden später. Ich war unruhig, mir war im Traum meine erste Frau erschienen. Sie war so, wie ich sie zuletzt gesehen hatte, zwei Koffer in der Hand, und sie warf mir einige fiese Grobheiten an den Kopf. Ich stand auf und zog mich um, nicht festlich, aber ich wollte doch lieber auf den Hausanzug und die Wollpantoffeln verzichten. Dann holte ich den Mantel aus der Garderobe und ging hinaus auf den Balkon.

Ich hatte einen guten Blick über den Innenhof. Ich sah die aufgeputzten Christbäume und reichlich gedeckten Esstische; zweimal hatte ich sogar das Glück, ein Kind beim Auspacken der Geschenke zu beobachten. Und wie um meine Sentimentalität auf die Spitze zu treiben, wurde irgendwo im zweiten oder dritten Stock ›Stille Nacht‹ zu singen begonnen. Ich schloss die Augen und lauschte. Es tat ein wenig in den Ohren weh, weil es so falsch klang. Aber ich war voll Zuversicht und verspürte einen starken, alles umfassenden Optimismus. Sieh an, es wird also noch gesungen!, rief es in mir, und plötzlich erschien mir die Welt in einem strahlenden Licht. Aber alles in allem war es doch nur ein kurzes Vergnügen, denn bald darauf dröhnte eine tiefe Männerstimme durch den Innenhof:

»Mach dein Fenster zu!«

Darauf folgte eine Stille. Der Frieden währte jedoch nur kurz, denn gleich darauf wurde wieder gesungen, und die Stimme meldete sich sofort zurück:

»Du sollst dein verdammtes Fenster zumachen!«

Wieder keine Reaktion, bis er schließlich dazu überging, kleine Gegenstände zu werfen. Aha, er will sich seinen Frieden also mit kriegerischen Mitteln erkämpfen, dachte ich belustigt, obwohl nichts daran lustig war, die Welt ist tatsächlich so.

»Beruhig dich, Mann, es ist Weihnachten!«, kam es als Antwort aus einem Fenster unter mir.

»Du sagst es, Alter! Dann sei wenigstens so erlöst und mach dein Fenster zu. Ich will meine eigenen Kinder singen hören, vor meinem eigenen verdammten Baum.«

Ich kann nicht leugnen, dass ich das Schauspiel, oder richtiger: das Hörspiel in vollen Zügen genoss. Ich überlegte sogar, hineinzugehen und mir ein Glas Sekt und eine Zigarette zu holen, aber ich hatte Angst, etwas Entscheidendes zu verpassen.

»Hör zu, mir ist der Fisch angebrannt«, erläuterte die Stimme unter mir. »Tut mir leid, Mann, ich kann mein Fenster nicht zumachen. Oder willst du, dass wir hier drin ersticken? Es hat nicht jeder eine so große Wohnung, dass er den Fettgestank in einer separaten Küche wegsperren kann.«

»Was um alles in der Welt redest du? Meine Wohnung ist um keinen Quadratmeter größer als deine.«

»Ach, ist das so?«

»Willst du's dir anschauen?«

»Wie wär's übrigens, wenn du dein eigenes Fenster zumachst? Hast du daran schon mal gedacht?«

»Das ist es ja gerade, das Fenster war zu! Deine Sängerknaben hört man noch durch eine Tresorwand.«

»Was nützt es dann, wenn ich es schließe.«

»Tu's einfach«, rief er, und dann sagte er etwas Verblüffendes: »Was hätte Jesus an deiner Stelle getan?«

Und die Antwort darauf war um nichts weniger verblüffend:

»Das kann ich dir sagen, Mann: Er wäre hinübergegangen und hätte dir eine heilende Hand aufgelegt, um dir deine Macken auszutreiben.«

Immerhin hatte er bei all der lächerlichen Tragik noch einen Sinn für Humor bewahrt. O ja, ich hatte meinen Spaß an ihnen gehabt, das muss ich sagen! Das ist es schließlich, was mich am Leben hält, ich meine das Lachen, denn ich lache viel und auch laut, am liebsten über menschliche Dummheit und die Unsinnigkeiten des Daseins. So viel Stumpfsinn aus nächster Nähe hatte etwas Befreiendes, ich fühlte mich auf einmal so frisch und fröhlich wie schon lange nicht mehr. Aus diesem Grund, und weil es außerdem die Geburt des Erlösers zu feiern galt und ich viel zu aufgewühlt und gesund war, um den restlichen Abend zu Hause zu verbringen, beschloss ich, in einer der Gaststätten in der Nähe ein Bier zu trinken.

Aus Übermut verzichtete ich sogar darauf, die klobigen und wenig kleidsamen Winterschuhe anzuziehen, was sich als Fehler herausstellte: Es hatte zu schneien begonnen. Und dass ich aufgrund des nassen Asphalts mit meinen klapprigen Beinen am Gehsteigrand staksen und mich an den Hausmauern abstützen musste, um nicht auszurutschen, vertrug sich nur schlecht mit meinem gegenwärtigen Zustand der Lebensfreude und Eitelkeit. Gleich darauf fiel mir ein, dass der Gasthof, den ich ansteuerte, womöglich gar nicht geöffnet hatte, da es ja kein gewöhnlicher Abend war, und diese Vorstellung betrübte mich zusätzlich. Daran hättest du weiß Gott früher denken können, dachte ich deprimiert und war kurz davor, umzukehren, um mir wenigstens die Hälfte des Rückwegs zu ersparen. Doch dann entdeckte ich aus der Entfernung die Tankstelle, wo ich früher gelegentlich auf dem Nachhauseweg von einem alten Bekannten eingekehrt war, um ein Glas Wein zu trinken, und meine ursprüngliche Stimmung meldete sich schlagartig zurück. Ich bildete mir sogar ein, Licht zu sehen. Aber ja, die Tankstelle muss doch zwangsläufig geöffnet haben, dachte ich freudig, und plötzlich begannen meine Beine wie auf Schienen zu laufen.

Ich fand einen Tisch unter einer künstlichen Palme. Es war ein guter Platz mit freier Sicht auf die Zapfsäulen und die Einfahrt der Waschstraße. Ich war nicht allein. Auch an anderen Tischen hockten vereinsamte Zeitgenossen hinter ihren Bierflaschen und Weingläsern. Es war ein Anblick, der mich bedrückte. Aber ich war trotz allem nicht ohne Hoffnung, denn zwischen zwei Alten in der hinteren Ecke war es über die Tischgrenzen hinweg sogar zu einer Unterhaltung gekommen. Es ging wohl um die große Zahl ausländischer Zuwanderer im Bezirk, die wenigstens einem von ihnen, wahrscheinlich beiden ein Dorn im Auge waren, und wenn ich auch wenig zu dem Thema zu sagen hatte, oder jedenfalls nichts, um mich auf Anhieb beliebt zu machen, war ich doch guter Dinge und sagte mir: Nur Mut, mit ein bisschen Glück wird man dich am Ende von selbst an den Tisch bitten, oder noch besser, dich zum gemeinsamen Kartenspiel einladen.

Aber die Phantasie ist eine Sache, die Wirklichkeit eine andere.

Ich hatte noch nichts zu trinken, und der Tankwart, der zugleich der Wirt war, befand sich außerhalb meines Blickfelds hinter der Theke. Das bedeutete, dass ich aufstehen musste, um mir selbst etwas zu besorgen, wenn ich nicht durstig und verlassen an meinem Platz bleiben wollte. Da geschah es: Ich glitt aus und stürzte zu Boden.

Es war ein Zusammenspiel einzelner Faktoren, die sich zu einem großen, unvorteilhaften Resultat verbanden. Die beiden Männer im Hintergrund hatten ihren Teil dazu beigetragen, auch die junge Frau an der Bar, vor deren Augen ich zusammengebrochen war – sie sollten nicht merken, wie alt und hinfällig ich war. Und ich hatte wahrhaft viel daran gesetzt, meinen kurzen Gang mit Eleganz, gewissermaßen mit Jugend auszustatten, und Taten von meinen Beinen gefordert, die zu vollbringen sie nicht bereit waren. So war ich zu einem Opfer meiner Sehnsucht nach Würde und Anerkennung geworden. Das schmerzte. Und es schmerzte wortwörtlich, denn ich lag da und hatte mir die linke Schulter verletzt.

Man kam, um mich aufzuheben. Die junge Frau kniete neben mir und flüsterte mir ermutigende Worte ins Ohr. Ich war ein wenig benommen. Nicht ohnmächtig, aber unfähig, mir selbst auf die Beine zu helfen. Ich weigerte mich, auf einem Stuhl Platz zu nehmen. Stattdessen setzte ich mich neben die junge Frau an die Bar und verlangte nach Schnaps.

»Sind Sie sicher?«, fragte sie.

Ich blickte sie an; wahrscheinlich lächelte ich.

»Wollen Sie nicht lieber ein Glas Wasser trinken?«

»Schnaps«, sagte ich.

Ich bekam ihn. Der Wirt verschwand in eine Kammer hinter der Bar und führte ein Telefongespräch. Ich ahnte, worauf das alles hinauslaufen würde. Aber ich ließ mir nichts anmerken. Ich tat mir selbst aufrichtig leid. Es ist das Ende, es hat keinen Sinn mehr, sagte ich mir, und ich musste wohl lauter gedacht haben, als mir lieb war, denn plötzlich hörte ich die junge Frau neben mir vorwurfsvoll äußern:

»Aber ich bitte Sie, so dürfen Sie nicht denken.«

»Ach, Sie meinen, weil das Leben so lebenswert ist?«, sagte ich, was ich im selben Moment bereute, sie hatte sich solche Mühe gegeben. Um ihr also zu zeigen, dass ich nicht undankbar war, und ihr zu verdeutlichen, dass sie, wie es heißt, gut mit den Menschen könne, fragte ich:

»Sind Sie Krankenschwester?«

»Nein, Frisörin«, antwortete sie verdutzt.

»Dann sehen Sie zu, dass Sie den Beruf wechseln.

Sie würden eine verdammt gute Krankenschwester abgeben, oder meinetwegen Pflegerin oder wie man sie nennt. Die alten Herren würden sich den Arsch aufreißen, um von Ihnen gewaschen zu werden.« Sie lachte. »Kennen Sie das Altenheim im Dreizehnten?«

»Aber deswegen brauchen Sie doch nicht gleich ins Altenheim zu gehen«, sagte sie liebevoll.

»Doch, ich muss«, erwiderte ich.

»Nein, müssen Sie nicht.«

Sie war stur, das gefiel mir.

»Sie verstehen nicht, ich habe in der freien Wildbahn nichts mehr zu suchen. Alles hat ein Ende, das ist das Herrliche am Leben. Es wird zu schwer, sich bei so viel Sinnlosigkeit auf den Beinen zu halten; ich meine, wenn einem die Gründe ausgehen, weshalb man leben soll. Ich habe Kinder, aber die können mich ja schon lang nicht mehr brauchen.«

Ich war ein wenig weggetreten, als ich das sagte. Das heißt, ich sagte es in einem Anflug von Melancholie mehr zu mir selbst als zu ihr. Um ihr aber zu zeigen, dass ich kein alter Egoist bin und mich im Gegenzug auch ihr Schicksal interessierte, fragte ich, was sie auf die Idee bringe, ausgerechnet an diesem Abend allein an der Bar einer Tankstelle zu sitzen. Sie zuckte mit den Schultern und lächelte. Wenn sie nicht antworten wollen, lächeln sie oder klimpern mit den Wimpern; diese hier lächelte, aber das stand ihr alles in allem nicht gut zu Gesicht: Es fehlten zwei Zähne.

»Wo starren Sie hin?«, sagte sie.

»Nun ja –«

»Vielleicht können Sie sich jetzt vorstellen, was mich an einem Tag wie diesem hierher treibt«, sagte sie.

Ich bat sie um Verzeihung. Und um sie mitleidig zu stimmen, hielt ich mir die verletzte Schulter. Ich hätte beinahe gesagt, sie könne ja auf so viele andere Arten lächeln, so dass niemand das Fehlen der ausgeschlagenen Zähne bemerke, mir selbst war es auch erst jetzt aufgefallen, da sie die Oberlippe hochgezogen hatte, und beim Reden war überraschenderweise gar nichts zu sehen. Natürlich sagte ich nichts; man wird ja praktisch immer missverstanden.

Als ich das leere Glas entdeckte, das vor ihr auf der Bar stand, kam mir eine Idee. Ich nutzte die Gunst des Augenblicks, um mich für ihre aufmunternden Worte zu revanchieren, und fragte, ob ich sie auf ein Getränk einladen dürfe. Ich durfte. Aber die Geste verlor an Wirkung, als ich dem Wirt winkte und lässig äußerte: »Noch zwei«, denn er entgegnete kühl: »Der Krankenwagen wird gleich da sein.«

Darauf hätte ich gerne geantwortet, dass ich keiner ärztlichen Hilfe bedurfte, ausgenommen der eines Euthanasisten – aber das ist in diesem Land kein realer Beruf. Stattdessen dankte ich ihm für die Hilfe und sagte, er solle mir trotzdem noch einen geben. Die junge Dame lächelte nicht mehr. Ich hätte gerne etwas gesagt, um sie aufzuheitern. Ich ließ es sein, ich wäre bestimmt ins nächste Fettnäpfchen getreten.

Ein Vorteil, alt zu sein, besteht darin, dass es manchmal genügt, einen etwas erschöpften Eindruck zu machen, um sich im Krankenhaus die langen Wartezeiten zu ersparen. Ich hatte Glück, dass die Wirkung der zwei Schnäpse mit einer allgemeinen Kraftlosigkeit verwechselt wurde, so dass ich insgesamt nicht länger als eine halbe Stunde darin verbrachte. Ich habe ja nichts gegen Krankenhäuser – ganz und gar nicht, es gab eine Zeit, da ich nichts lieber tat, als allabendlich durch die Stationen der städtischen Klinik zu schlendern –, letzten Endes aber war ich doch erleichtert, dass man mir nur ein blaues Klebeband um die Schulter heftete. Anschließend bot man mir an, mich nach Hause zu bringen. Das wollte ich nicht, und daraufhin entbrannte ein Streit, der mich zum Mittelpunkt des vollen Wartesaals machte: Ich bestand darauf, zu Fuß zu gehen. Der Krankentransport stehe bereit, sagten sie. Darauf entgegnete ich, dass ich bloß einen zwanzigminütigen Fußmarsch entfernt wohne, und außerdem sei ich ja nicht krank. Aber man wollte mich nicht ziehen lassen. Ich wurde daran erinnert, dass es Richtlinien gebe, und zwar aus Gründen, die mit negativen Erfahrungen und alten Menschen zu tun hätten. Ich war so aufgebracht, dass ich ein bisschen vergaß, wo ich war; ich schrie, dass die Ärzte aus ihren Behandlungsräumen heraustraten. Man zeigte auf mich und vollführte Handbewegungen, die mich als verrückt oder zumindest nicht ganz zurechnungsfähig darstellten, und da riss mir endgültig der Geduldsfaden. Ich war nicht bereit, mich meiner grundlegenden Rechte berauben zu lassen, und das sagte ich. Am Ende ließ ich mich sogar dazu herab, mich ebenfalls durch Handbewegungen verständlich zu machen, oder genauer gesagt: durch eine Fingerbewegung. Und dann ging ich. Wäre ich jünger gewesen und mein Arm nicht durch das Klebeband in seiner Bewegung beeinträchtigt, ich hätte beide Hände in die Luft geworfen, um der Welt meinen Triumph zu verkünden, jedenfalls einer kleinen Welt.

Aber ich hatte kein Glück. Ich musste mindestens viermal im Kreis gegangen sein, bis ich den Ausgang fand. Da trat ein Mann meines Alters an mich heran. Ich wusste, dass ich ihn kannte, aber ich konnte ihn nicht einordnen. Ich erinnerte mich, ihn im Wartesaal sitzen gesehen zu haben, als ich die Krankenschwestern in Aufregung versetzt hatte.

»Schmeller, bist du's?«, sagte er.

Meine Laune war nicht die beste. Zum einen, weil ich nicht wusste, mit wem ich es zu tun hatte, während er, der doch mindestens genauso alt sein musste wie ich, offenbar mit einem besseren Erinnerungsvermögen ausgestattet war. Zum anderen hatte ich ihn ja im Wartesaal sitzen gesehen, und das bedeutete zwangsläufig, dass er nach mir an der Reihe gewesen war – aber vor mir den Ausgang gefunden hatte! Er fragte sich bestimmt, was ich in der Zwischenzeit getrieben hatte. Dass man sich nie, auch nicht in den finstersten Stunden, von den elenden Konkurrenzgedanken befreien kann! Nun, er dachte womöglich gar nicht, was ich dachte, aber ich war so besessen von der Idee, nicht als Verlierer dazustehen – die Wettbewerbsgesellschaft kennt keine Altersgrenzen mehr –, dass ich bald gesagt hätte, ich wäre noch in der Bäckerei beim Haupteingang gewesen, um mir ein Abendessen zu beschaffen. Glücklicherweise fiel mir ein, was für ein Tag war, so dass ich mich zumindest vor dieser Dummheit bewahrte. Um mir jedoch keine Blöße zu geben, was unsere Bekanntschaft betraf, tat ich überrascht und sagte:

»Du hier? Das ist aber ein Zufall.«

»Du hast nicht die leiseste Ahnung, wer ich bin, habe ich recht?«, sagte er, wobei er keinen Zweifel aufkommen ließ, dass er es genoss, mich im Dunkeln tappen zu sehen. Und da wusste ich es plötzlich.

»Du hast dich verändert«, stellte ich nüchtern fest.

»Es ist wohl das Alter«, scherzte er. »Aber weißt du, ich höre im Gegenteil immer wieder, dass ich mich gerade auffallend wenig verändert hätte und immer noch aussähe wie vor zwanzig Jahren.«

Das sagte er tatsächlich, ohne rot zu werden. Nun, da ich wusste, wen ich vor mir hatte, fühlte ich eine leichte Unruhe und Übelkeit in mir wachsen. Es war mein alter Schulkollege Steiner, der später durch einen seltsamen Zufall sechs Jahre lang auch mein Zahnarzt gewesen war. Natürlich war es mir deshalb umso unangenehmer, dass ich ihn nicht wiedererkannt hatte; das Gesicht des Mannes zu vergessen, dem man, wenn auch unfreiwillig, einen Großteil seiner Beißkraft verdankt, verdient nicht die große Anerkennung.

»Nein, also so was, dich hier zu treffen«, sagte er plötzlich und seufzte. »Ist es nicht immer wieder erstaunlich, wie klein die Welt ist?«

»O ja, und das Leben ist kurz«, sagte ich spöttisch.

»Die Zeit vergeht so schnell.«

»Und doch vergeht sie nie schnell genug.«

»Na, jetzt widersprichst du dir aber«, äußerte er lachend, er verstand wohl nicht, dass ich mir eine kleine Ironie auf seine Kosten erlaubt hatte. »Jedenfalls, was mich betrifft, ich könnte gut und gerne noch weitere achtzig Jahre vertragen. Schade nur, dass die Medizin nicht weit genug fortgeschritten ist, es gäbe noch so viel zu entdecken.«

»Hm, na ja, ich weiß nicht recht. Allein der Gedanke an die Ewigkeit macht mich ganz schwindlig.«

»Wie, du meinst, du würdest nicht noch einmal so lange leben wollen, wenn man es dir anbieten würde?«

»Nun ja, es erübrigt sich wohl, darüber zu diskutieren«, sagte ich etwas mürrisch. »Ich persönlich halte jedenfalls nichts davon, das Leben künstlich zu verlängern. Es liegt vielleicht daran, dass ich die Vorstellung des Menschen als Krone der Schöpfung nicht gut vertrage.«

An dieser Stelle musste ich mich unterbrechen, ich wäre sonst noch ins Philosophieren geraten. Ich hätte nichts dagegen gehabt, ihn bald loszuwerden. Nicht, weil ich lieber allein geblieben wäre, nein, aber ich begann langsam, mich zu erinnern, wer er war, und das machte mich unleidlich und verlegen.

Seit ich ihn kannte, war er stets der Leithammel gewesen, einer von der Sorte, die sich keinen Zentimeter von der Siegerstraße entfernen und es verstehen, jede Situation zu ihren Gunsten zu beeinflussen. Doch meine Einsamkeit und Melancholie waren anscheinend stärker, als ich gedacht hatte, denn als er mich fragte, ob ich Lust hätte, ein Stück weit mit ihm zu gehen, willigte ich ohne zu zögern ein. Und nicht nur das, ich war sogar so naiv, mir einzubilden, es könne trotz allem noch ein erfreulicher Abend werden. Jetzt hast du jedenfalls Gesellschaft, dachte ich. Auch er ist alt, er ist bestimmt weiser und bescheidener geworden und hat eingesehen, dass Hochmut und Ignoranz nichts weiter sind als winzige Staubkörnchen, die in den unendlichen Weiten des Universums verglühen.

So gingen wir eine Weile, obwohl wir nicht denselben Weg hatten; er bestimmte die Richtung, und ich hatte nicht den Mut, ihm zu gestehen, dass ich mich immer weiter von meiner Wohnung entfernte. Wir hatten uns übrigens nichts mehr zu sagen. Auch er schien nicht mehr als ein Mittel zum Zweck in mir zu sehen, so wie ich in ihm, und wenn er auch niemals zugegeben hätte, dass er alt und einsam und traurig war, ich konnte es ihm dennoch ansehen. Und wie um mir das Gegenteil von dem zu beweisen, was ich eben über ihn gedacht hatte, machte er einen unerwarteten Zwischenschritt und rief:

»Nein, Schmeller, es ist noch so verdammt früh! Was meinst du, stellen wir noch was auf die Beine?«

Nun, wir stellten gar nichts mehr auf die Beine. Denn nachdem wir wenige Augenblicke später an einer Baustelle vorbeikamen, versperrten uns drei finster aussehende Männer den Weg.

Ich habe keine Erfahrung mit Überfällen: Also kramte ich die Geldbörse aus der Manteltasche und streckte sie ihnen entgegen. Sie waren ja weniger daran interessiert, uns körperlichen Schaden zuzufügen, lediglich an Geld und anderen Habseligkeiten. Was mich betrifft, hatte ich alles gegeben, was ich besaß; ich trage weder eine Uhr, noch hatte ich ein Telefon dabei. Als mir jedoch einfiel, dass sich auch mein Ausweis und die Jahresfahrkarte für die Öffentlichen in der Geldbörse befanden, kam ich auf die leichtsinnige Idee, sie zu fragen, ob man sie mir nach Entfernung des Geldes freundlicherweise retournieren könne, um, wie ich es formulierte, einem betagten Mann die nervenaufreibenden Amtswege zu ersparen. Dass ich das sagte, führte zu einiger Verwirrung, die sich positiv für Steiner auswirkte: Er nützte die Gelegenheit und versetzte mir einen Stoß, der mich vornüber in die Angreifer stürzen ließ, um so noch größere Verwirrung zu stiften, und dann lief er (wenn man das laufen nennen konnte) mit wild rudernden Armen um Hilfe schreiend zur Straße. Sein Plan ging auf, er wurde nicht verfolgt, und die drei Schurken beeilten sich, mit mir fertig zu werden und suchten das Weite.

Also war ich wieder auf mich allein gestellt. Ich lag mit dem Rücken an der Absperrung der Baustelle und weinte. Es war finster, die nächste Straßenlaterne war zehn Meter entfernt, und ich hatte große Lust, auf ewig einzugehen in diese Finsternis. Einen Augenblick dachte ich sogar daran, das Gerüst hinaufzuklettern und mich hinunterfallen zu lassen; aber ich wäre wahrscheinlich in einem Haufen Sand oder Styropor gelandet.

Ich schaffte es, mich aufzurappeln, ich war wütend und ziemlich deprimiert, und die Schulter hatte wieder angefangen zu schmerzen. Lass gut sein, du bist bald fertig, sagte ich mir. Das Leben ist grausam, doch es geht weiter, noch ein bisschen weiter, da ist nichts zu machen.

Nun, einen Lichtblick gab es immerhin. Als ich mich auf den Heimweg machte, fiel mir zwar auf, dass ich keine Wohnungsschlüssel mehr hatte – sie mussten mir beim Sturz, bei einem der Stürze, aus der Tasche gefallen sein, und das war natürlich ärgerlich, ich fühlte mich dadurch noch verlorener und heimatloser, aber ich ging weiter, immer weiter, ich würde bei einem der Nachbarn anläuten müssen, um den Aufsperrdienst rufen zu lassen. Doch als ich gerade bei der U-Bahnstation um die Ecke bog, erlebte ich eine Überraschung: Meine jüngere Tochter stand mit ihrem Ersatzschlüssel vor dem Eingang zum Wohnhaus. Mir wurde ganz mulmig, als ich sie sah, und eine große Wärme ging durch mich hindurch. Ich beeilte mich zu ihr, und sie fiel mir um den Hals.

»Schon gut, es geht mir gut«, versuchte ich sie zu beruhigen. »Du brauchst dir keine Sorgen um mich zu machen.«

»Aber das weiß ich doch.«

»Bist du nicht gekommen, um nachzusehen, ob alles in Ordnung ist?«, fragte ich, worauf sie mich ratlos anblickte. »Ich dachte, du hättest vielleicht versucht, mich zu erreichen, aber ich habe ja das Telefon ausgesteckt.«

Sie sah mich verwirrt an; da merkte ich, dass sie geweint hatte. Ich hatte mich getäuscht, was ihre Anwesenheit betraf. Wie sich herausstellte, hatte sie ihren Mann verlassen, weil sie herausgefunden hatte, dass er noch eine zweite geheime Beziehung hatte, aus der sogar ein Sohn hervorgegangen war. Ich war ihr Vater, ich nahm sie in den Arm. Sie wollte ihre Schlüssel wegpacken, sie konnte ja nicht wissen, dass ich meine verloren hatte, und ich nahm sie ihr unauffällig ab und schloss auf.

»Ich wusste nicht, wohin ich gehen sollte«, sagte sie.

Ich war glücklich, aber das sagte ich nicht.

MARTIN SUTER

Die Anstatt-Frage

Und dann ist da noch die Anstatt-Frage für diese Weihnachten.« Kessler schaut in die Runde. »Irgendwelche Vorschläge?«

Schaufelberger, Bolliger und Ehrsam schauen ebenfalls in die Runde. Keine Vorschläge.

»Dann schlage ich vor, wir machen ein Brainstorming.«

Schaufelberger, Bolliger und Ehrsam schielen verstohlen auf ihre Armbanduhren. Sie kennen Kesslers Brainstormings am Ende einer Geschäftsleitungssitzung.

Ehrsam macht Tempo, er sollte seit einer Viertelstunde im Fitness-Studio sein. »Ich meine, Pakistan ist immer noch aktuell, wie man hört.«

»Fast zu aktuell«, gibt Bolliger zu bedenken. »Das machen jetzt alle, da riskieren wir ein Visibility Problem.«

»Das ließe sich gestalterisch auffangen.« Schaufelberger ist auch verabredet. »Erdbeben. Da gibt es massenweise spektakuläres Bildmaterial.«

»Zu negativ, der Approach. Das will man nicht auf dem Schreibtisch haben vor Weihnachten. Außerdem will ich nicht, dass unsere Kunden die Gublex AG mit Trümmern assoziieren. Da müssen wir schon etwas kreativer sein, meine Herren.«

Die Runde verfällt in kreatives Schweigen. Wieder ist es Ehrsam, der sich zuerst meldet. »Wir müssen ja nicht zeigen, wie es dort heute aussieht, sondern wie es dort morgen wieder aussehen soll. Positiv!«

Die Runde stellt sich einen vierseitigen Weihnachtsfolder mit fröhlichen pakistanischen Kindern und vielleicht auch zwei, drei jungen Erwachsenen in einer intakten Landschaft vor. Die Chancen für den Vorschlag steigen spürbar.

Bolliger, der es sich karrieretaktisch im Moment nicht leisten kann, dass ein Vorschlag von Ehrsam durchkommt, sagt: »Sind das nicht überwiegend Muslime?«

»Und?«, schnappt Ehrsam.

»Nichts, ich denke nur laut: Anstatt Geschenke zum höchsten christlichen Feiertag macht die Gublex AG eine Spende an die Bürger der Islamischen Republik Pakistan …«

Die Runde bedenkt den Einwand.

»Es gibt ja auch bei uns Leute, denen es nicht so super geht«, sagt Schaufelberger in die Stille. »Wir hatten ja auch ein paar Naturkatastrophen, wenn Sie wissen, was ich meine.«

Ehrsam spürt sofort, wie gefährlich der Ansatz ihm werden könnte. »Good thinking«, sagt er, »obschon …«

Alle Blicke auf Ehrsam.

»Spricht nicht gerade für die Global Mindedness der Gublex AG.«

»Das kommt natürlich extrem auf die Umsetzung an«, wehrt sich Schaufelberger. »Eine junge Bauernfamilie vor einem sauber eingerüsteten Chalet, von einem internationalen Fotografen porträtiert.«

Die Runde stellt sich den Weihnachtsfolder vor, und er gefällt ihr.

»Aber wo finden wir die Familie Tanner in der kurzen Zeit?«, fragt Ehrsam mit gespielter Sorge.

Schaufelberger winkt ab. »Ich ruf die Agentur an, sie sollen ein Casting organisieren. Special Models.«

Kessler runzelt die Stirn. »Müssten die nicht eher echt sein?«

»Die stehen dann symbolisch für die echten.«

»Special Models, internationaler Fotograf, Agentur – laufen uns da nicht die Kosten aus dem Ruder?«, fragt Ehrsam boshaft in die Runde.

Es ist das alte Lied: Mit der Finanzkeule lässt sich auch die innovativste Idee niedermachen.

Die Gublex schenkt ihren Kunden in diesem Jahr statt eines Geschenks eine schöne Flasche Wein.

ALEXANDER OSANG

Stille Nächte

Lothar Bednarz schloss die Kellertür auf und hob die Klinke ein bisschen an. So ging es am besten. Es roch nach Kohlen und Nässe, ein vertrauter Geruch. Bednarz hielt mit dem rechten Ellenbogen die Stahltür auf und tastete mit der linken Hand am kühlen Putz nach dem Lichtschalter. Die erste und die zweite Kellerlampe gingen an. Bednarz stieg langsam die Treppe hinab. Als er unten war, ging er nach rechts. Vier, fünf Schritte hinter der zweiten Lampe, dort, wo der matte Lichtschein schon wieder im Kellerdunkel versickerte, befand sich der nächste Schalter. Bednarz hoffte, dass die Lampe funktionierte.

Er hatte Zeiten erlebt, in denen nicht klar war, ob etwas passierte, wenn man einen Schalter bewegte. Die Lampe ging an. Sie war in den letzten neun Jahren immer angegangen. Aber man wusste nie.

Bednarz lief weiter bis zu seinem Keller. An seinem Bund suchte er den kleinen Schlüssel, den er früher manchmal mit dem Briefkastenschlüssel verwechselt hatte. Seit sie die neuen Briefkästen hatten, passierte das nicht mehr, aber Bednarz freute sich trotzdem, dass der Schlüssel in das alte, goldgrün schimmernde Vorhängeschloss passte. Er zog die Tür auf, griff nach dem Kabel, das rechts über einem langen Nagel baumelte, und steckte es ein. Die 40-Watt-Birne an der Decke seines Kellers glomm auf.

Lothar Bednarz warf einen Blick auf die Dinge in seinem Keller.

Er besaß sechs Stapel Briketts, obwohl seine Wohnung seit sieben Jahren über eine Gasheizung verfügte. Gute Braunkohlebriketts, gesichert mit einem dünnen Blechband. Was sollte man damit anfangen? Bednarz kannte inzwischen nicht mal mehr einen Menschen, der einen Ofen besaß. Man warf keine Kohlen weg, und sie in Krisengebiete zu schicken war uneffektiv. Also behielt er sie. Er hatte ja den Keller.

In einem alten Regal standen weitere unnütze Dinge. Verstaubte leere Einweckgläser, die vom Kompott seiner Mutter übrig geblieben waren. Seine Mutter war vor drei Jahren gestorben.

Bednarz hatte kein Fahrrad mehr, aber Flickzeug gab es noch. Und Farbdosen, die sich wahrscheinlich nie mehr öffnen ließen. Wozu auch, Lothar Bednarz hatte nicht vor zu renovieren. Er betrachtete die beiden Pappkartons mit Werkzeug, Schrauben, Nägeln und Sandpapier. Bednarz war nie ein großer Bastler gewesen, Gespräche über Heimwerkerarbeit langweilten ihn.

Neben dem Regal lehnten ein Paar Germina-Holzski mit »Kombi-Bindung«. Man konnte sie von Abfahrt auf Langlauf umstellen, eine ziemlich gefährliche Sache. Vor allem in der Abfahrteinstellung. Andererseits hatte es ja keine hohen Berge gegeben, von denen man mit den Kombi-Ski hinunterfahren konnte, dachte Bednarz. Skistöcke gab es keine mehr, aber neben den Skiern standen ein paar Skischuhe. Ebenfalls Kombi-Schuhe. Es hatte Stunden gedauert, bis man sie zugeschnürt hatte, denn sie besaßen Ösen und Haken auf verschiedenen Laschen-Ebenen. Sie gehörten zu den Kleidungsstücken, auf die man wütend werden konnte. Neben den Schuhen standen eine Kiste mit Wachs, ein paar alte Winterstiefel seiner Frau und der Weihnachtsbaumständer. Offenbar hatte er den Keller nach Jahreszeiten geordnet.

Bednarz beugte sich zum Weihnachtsbaumständer hinunter.

Als er den staubigen, gusseisernen Hals des Weihnachtsbaumständers berührte, erschien es ihm plötzlich, als sei er erst gestern hier unten gewesen. Als sei er gerade gestern in seinen Keller hinabgestiegen, um den Weihnachtsbaumständer zu holen. Als sei erst gestern Weihnachten gewesen.

Bednarz hob den Ständer an, er war schwerer, als er in Erinnerung hatte. Er stellte ihn kurz auf seinem Oberschenkel ab und überlegte, ob er im letzten Jahr irgendwann einmal hier unten gewesen war. Er konnte sich nicht erinnern. Bednarz hatte nicht viel erlebt im letzten Jahr.

Im November war er 42 Jahre alt geworden. Wenn er es recht überlegte, war nicht nur sein letztes Jahr ereignislos verlaufen, sondern auch die zehn Jahre zuvor. Er war verheiratet und kinderlos. Zu Weihnachten stellte er einen Baum auf. Dann kam er hier herunter. Man könnte sein Leben aus der Kellerperspektive beobachten und würde eigentlich nichts verpassen. Er stellte sich vor, ein unsichtbarer Dokumentarfilmer habe sich in seinem Keller verborgen, um ein Porträt von Lothar Bednarz zu machen. Ein Langzeitprojekt über das Leben eines deutschen Stadtbewohners. Ein ziemlich langweiliger Film. »Der Mensch im Hamsterrad« könnte er heißen. Oder »Herr Bednarz wiederholt sich«.

Wer würde sich so was ansehen?

Licht an, Lothar Bednarz erscheint im Türrahmen, wirft einen kurzen Blick in die Runde, nimmt den Ständer auf, löscht das Licht. Kurzes Dunkel.

Licht an. Lothar Bednarz erscheint, stellt den Ständer wieder ab. Längeres Dunkel. Licht an. Ständer raus. Licht aus. Kurzes Dunkel. Licht an. Ständer rein. Licht aus. Das war es im Wesentlichen. Das Leben des Stadtbewohners um die Jahrtausendwende. In die langanhaltenden Dunkel könnten zur Orientierung Untertitel eingeblendet werden. »In diesem Jahr fiel die Mauer.« Licht an. Lothar Bednarz holt seinen Weihnachtsbaumständer. Licht aus. »Zum ersten Mal gewinnt ein Deutscher die Tour de France.« Licht an. Lothar Bednarz erscheint in Trainingshose. Licht aus. »Lady Diana fällt einem tragischen Autounfall zum Opfer.« Licht an. Unser Stadtmensch trägt das gleiche T-Shirt wie im vorigen Jahr. Licht aus. »Hochwasser sucht den Osten Deutschlands heim.«

Sein Leben wäre eine Art Daumenkino.

Je älter Lothar Bednarz wurde, desto kürzer würde das lange Dunkel zwischen seinen Kellerbesuchen erscheinen. So, als spielte der Dokumentarfilmer gelangweilten Partygästen ein Videoband mit dem Leben von Bednarz vor und drückte beim langen Dunkel immer auf schnellen Vorlauf. Die Garderobe würde sich ein bisschen verändern, der Haaransatz bei jedem Besuch immer weiter nach hinten rutschen, ihm würden Haarbüschel aus Ohren und Nase wachsen wie das Gras in den Zeitrafferaufnahmen von Naturfilmen, er würde immer dicker werden und dann vielleicht immer dünner. Je nachdem, wie es zu Ende ginge, wäre er bei seinem letzten Besuch entweder sehr dick oder sehr dünn. Irgendwann würde das Licht nicht mehr angehen.

Oder der Dokumentarfilmer würde das nächste Langzeitprojekt anschließen. Dann würde das Licht angehen, ein ihm unbekannter Mann in einer blauen Latzhose würde erscheinen und als Erstes die 40-Watt-Birne auswechseln. Ein Nachmieter. Oder ein Nachfolger. Vielleicht ein Heimwerker, der Bretter für seine verschiedenen Steck-, Ring-, Maul- und Inbusschlüssel anbringen würde, eine kleine Werkbank mit Schraubstock und einer Ständerbohrmaschine aufstellte. Oder ein Fotograf, der sich hier unten ein Labor einrichtete. Jedenfalls jemand, der dem Dokumentarfilmer ein bisschen mehr zu bieten hätte als der langweilige Lothar Bednarz, der nur am Nachmittag des Heiligen Abend vorbeikam.

Es war albern, aber Bednarz vergewisserte sich kurz, dass hier wirklich kein Platz für einen Dokumentarfilmer war. Auch nicht für einen kleinen. Bednarz nahm sich dennoch vor, beim nächsten Mal nicht in Trainingshose hier unten zu erscheinen. Man musste sich ja nicht so gehen lassen. Bednarz hob den Weihnachtsbaumständer an und zog den Stecker seiner 40-Watt-Deckenlampe aus der

Dose. Eine Sekunde später löschte eine Zeitschaltung das Licht auf dem Kellerflur. Sie musste neu sein. Allerdings hatte sich Bednarz auch noch nie so lange hier unten aufgehalten wie heute. Er umklammerte den Hals seines Weihnachtsbaumständers und überlegte, ob er nach dem Kabel seiner Deckenlampe tasten sollte oder gleich nach dem ersten Flurschalter, als er ein Geräusch hörte.

Die Kellertür wurde kurz aufgezogen. Einen Moment war Ruhe. Dann kamen mehrere Menschen die Kellertreppe herunter. Es raschelte und klapperte. Jemand fluchte leise. Die Kellertür fiel zu, die Menge hielt an und flüsterte. Sie orientierte sich. Dann lief sie weiter. Sie kam immer näher. Als sie ganz nah war, machte sie halt. Bednarz konnte sie atmen und schnaufen hören. Dinge wurden abgestellt, zusammengesteckt und aufgebaut. Es schabte, ächzte, schleifte und klickte. Lothar Bednarz stand ruhig mit seinem Weihnachtsbaumständer im Dunkeln und wartete. Nach einer Weile hörten die Arbeitsgeräusche auf. Zwei, drei Leute tuschelten miteinander. Es klang, als gruppierten sie sich. Manche zogen sich in den Hintergrund zurück, andere postierten sich im Vordergrund. Dann wurde es ganz leise. Und dann hell. Sehr hell. Bednarz schloss die Augen.

Als er sie wieder öffnete, sah er die Silhouette eines Menschen vor weißem, gleißendem Licht. Bednarz blinzelte, nur langsam gewöhnten sich seine Augen an das Scheinwerferlicht.

Der Mann lachte ihn an. Er hatte ein breites weißes Grinsen und ein Mikrophon in der Hand. Er trug einen dunklen dreiteiligen Anzug, eine Fliege und eine rote Weihnachtsmannmütze mit einem flauschigen Pelzrand. Links und rechts von ihm standen zwei großbusige Damen mit sehr kurzen Röcken und goldenen Pappgeweihen auf dem Kopf. Im Hintergrund konnte Bednarz Männer mit Pferdeschwänzen und bedruckten T-Shirts, die Scheinwerfer, Mikrophone und Kameras hielten, erkennen sowie einen großen silbernen Schlitten, der kaum in den schmalen Kellerflur passte.

»Guten Abend«, sagte Lothar Bednarz.

Aber die Gruppe, die sich vor ihm versammelt hatte, antwortete nicht. Sie verharrte.

»Guten Abend«, sagte Lothar Bednarz noch mal.

»Noch zehn Sekunden, Jo«, sagte jemand aus dem Dunkel.

»Neun. Acht. Sieben.«

Der Mann mit dem Mikrophon überprüfte den Sitz seines Scheitels. Die rechte Dame verlagerte ihr Gewicht von einem auf das andere lange Bein und dann wieder zurück. Ihre großen Brüste wippten.

»Drei. Zwei. Eins.«

Auf einer Kamera leuchtete ein rotes Licht.

»Berlin grüßt Frankfurt!«, rief der Mann mit der Weihnachtsmannmütze fröhlich. »Viele weihnachtliche Grüße von hier zu euch in die Messehalle, Basti. *Deutschland feiert Weihnachten* heißt unsere Sendung. Da darf die Hauptstadt natürlich nicht fehlen. Ich bin mit meinen beiden Rentieren Jenny und Carola in einem typischen Berliner Keller gelandet.« Die Damen mit den Geweihen strahlten. Rentiere also, dachte Bednarz. Rentiere in Röcken.

»Wie überall in Deutschland sind auch in der Hauptstadt Tausende Männer damit beschäftigt, alles für ein gemütliches Weihnachtsfest vorzubereiten. Das fängt mit dem Baum an, Basti. Du hast doch sicher schon alles hinter dir, oder?«

Bednarz konnte nicht hören, was der unsichtbare Basti in der Frankfurter Messehalle antwortete, aber offensichtlich war es sehr komisch, denn Jo, der Reporter, strahlte noch mehr als vorher.

»Wir haben uns hier ganz heimlich in einen Keller im Berliner Bezirk Weißensee geschlichen, aus dem der Herr Bettranz gerade seinen Weihnachtsbaumständer holt. Ganz schöne Bescherung, was Herr Bettranz?«

»Guten Abend«, sagte Lothar Bednarz. Er war offensichtlich im Fernsehen. Er war das erste Mal im Leben im Fernsehen und trug Tainingshosen.

Hoffentlich war das keine Live-Sendung. Er überlegte, ob er dem Fernsehmann sagen sollte, dass dies hier nicht mehr Weißensee war, sondern bereits Prenzlauer Berg. Außerdem hatte Jo Weißensee auf der falschen Silbe betont. Aber Bednarz wollte nicht auch noch wirken wie ein Besserwisser. Wenn er schon so aussah. In seinen Trainingshosen.

»Guten Abend, Herr Bettranz.«

»Guten Abend«, sagte Lothar Bednarz zum vierten Mal. »Ich heiße Bednarz. Lothar Bednarz.«

»Oh. Mein Name ist Bond. James Bond«, rief der Reporter mit verstellter Stimme. Die Rentiere strahlten. »So ist er, der Berliner, meine Damen und Herren. Schlagfertig. Selbst, wenn man ihn am Heiligen Abend im Keller überrascht. Mal sehen, was Herr Bettranz so in seinem Keller hat«, rief Jo und drängte sich an Lothar Bednarz vorbei in den Keller. Gefolgt von einem Kameramann, einem Beleuchter, einem Tonassistenten und den beiden Rentieren. Bednarz hörte Gelächter aus seinem Keller. Dann drehten sich alle zu ihm um.

»Basti fragt aus Frankfurt, ob diese Ski dem Sailer-Toni gehören«, fragte der Weihnachtsmann. Die Rentiere kicherten.

»Das sind Kombi-Ski«, sagte Lothar Bednarz. »Sie gehören mir, aber ich habe sie schon lange nicht mehr benutzt.«

Das Fernsehteam sah ihn verdutzt an.

»Wir sind hier schon in Prenzlauer Berg«, sagte Bednarz in die kleine Pause.

»Ach«, sagte der Reporter.

»Ja, es ist aber ziemlich dicht an der Stadtbezirksgrenze. Und wo wir bald die Reform haben, da ist es sowieso nicht so wichtig.« Bednarz spürte, wie er das Tempo verlangsamte. Es war, als würde er den anderen im Weg stehen.

»Die Schlüssel, Jo«, zischte jemand aus dem Dunkel.

»Die Tittenschlüssel.«

»Richtig«, rief Jo. »Der Weihnachtsmann kommt natürlich nicht ohne Geschenke, was Basti?« Der unsichtbare Basti sagte irgendwas, alle strahlten, dann erklärte der Reporter, dass im Dekolleté von einem der beiden Rentiere ein Autoschlüssel versteckt sei.

»Sie müssen sich entscheiden, Herr Bettranz. Jenny oder Carola. Wenn Sie den Autoschlüssel ziehen, können Sie in unserem großen Finale eventuell einen nigelnagelneuen A-Klasse-Mercedes gewinnen. Auf geht's. Sie haben fünf Sekunden. Aaaaab jetzt.«

Lothar Bednarz wurde schwindlig, der Weihnachtsbaumständer war jetzt sehr schwer. Es war Heiligabend. Bednarz dachte an seine Mutter, die diese Sendung sicher gesehen hätte.

»Uuuuund fünf«, rief der Reporter. »Pech, Herr Bettranz.« Die Rentiere guckten traurig und formten mit ihren hübschen Lippen zwei bedauernde O's.

»Aber bei dieser Auswahl an, äh, Lostrommeln, da hätte ich auch Schwierigkeiten gehabt, mich zu entscheiden, was Basti? Herr Bettranz bekommt von uns ein Los der Fernsehlotterie. Vielen Dank, Herr Bettranz. Möchten Sie vielleicht noch jemanden grüßen? Herr Bettranz?!«

»Meine Frau ist ja in der Küche«, sagte Lothar Bednarz.

»Da wo sie hingehört, was?«, rief der Reporter. »Aufregende, heiße Weihnachten hier in der deutschen Hauptstadt. Viele Grüße nach Frankfurt.«

»Und ab dafür«, zischte die Stimme aus dem Dunkel.

»Jetzt nur noch die Final-Konferenz. Wir fahren zum Brandenburger Tor und dann ist Stille Nacht.«

Die Lichter erloschen. Die Arbeitsgeräusche setzten wieder ein. Lothar Bednarz stand mit seinem Weihnachtsbaumständer im Dunkeln und wartete darauf, dass sie fertig wurden. Einer nach dem anderen verließ den Keller. Bednarz wagte nicht, den Ständer abzustellen. Seine Hand schmerzte. Aber er hielt durch. Als der Letzte die Treppe hochging, fasste Bednarz Mut.

»Hallo«, rief er.

»Was ist denn noch?«, fragte der Mann. Es war die zischende Stimme aus dem Dunkel.

»Warum ich?«, fragte Lothar Bednarz.

»Weil auf Sie Verlass ist«, sagte die Stimme.

Die Kellertür fiel ins Schloss. Bednarz blieb noch einen Moment im Dunkeln zurück. Dann ging er nach oben.

»Das wird auch Zeit«, sagte Marion Bednarz, als er mit dem Weihnachtsbaumständer die Wohnung betrat.

»Hast du jemand im Keller getroffen oder was?«

»Ja«, sagte Lothar Bednarz.

Aber seine Frau hörte es nicht mehr. Sie war in der Küche verschwunden.

Bednarz ging mit dem Weihnachtsbaumständer ins Wohnzimmer. Er dachte daran, dass der Weihnachtsbaumstamm bestimmt wieder zu dick für die Öffnung des Ständers sein würde. Er würde mit einem Küchenmesser auf dem harzigen Holz herumschaben müssen.

Es war jedes Jahr das Gleiche.

AXEL HACKE

Die Christbaumkugel

Nun haben wir August. Weihnachten ist schon eine Weile her. Auf der Kommode im Flur liegt immer noch eine riesige lilafarbene Christbaumkugel. Paola hatte sie zur Weihnachtszeit über dem Spiegel im Flur aufgehängt, das sah sehr schön aus und war ziemlich praktisch. Der Spiegel ist gleich gegenüber der Wohnungstür, und wenn man vor Weihnachten hereinkam, sah man als Erstes diese riesige Christbaumkugel und wusste sofort: Aha, jetzt ist also Weihnachtszeit. Nur falls man es vergessen hatte.

Nach Weihnachten wurde die Kugel abgehängt und fürs Erste auf die Kommode gelegt, damit sie in den Keller gebracht werden konnte. Aber sie ist immer noch dort. Und es ist keine Weihnachtszeit, beim besten Willen nicht.

»Man müsste die Christbaumkugel in den Keller bringen«, sagt Paola ab und zu.

»Jemand könnte mal die Christbaumkugel hier wegtun, in den Keller vielleicht«, sage ich dann und wann.

Manchmal kommt es mir so vor, als ob in unserer Wohnung noch drei andere Personen lebten, außer Paola, Luis, mir und Bosch, meinem sehr alten Kühlschrank und Freund. Diese drei anderen Personen sind: Herr Man, Frau Jemand und Fräulein Einer. Um die Wahrheit über diese drei zu sagen: Sie sind stinkfaul. Sie beteiligen sich in keiner Weise am Gemeinschaftsleben. Sie tun überhaupt nichts.

Ich sage: »Man müsste mal die Blumen auf dem Balkon gießen.« Aber Man tut es nicht.

Paola sagt: »Jemand müsste mal deinen Tennisschläger beiseiteräumen.« Aber Jemand ist nirgendwo in Sicht.

Ich sage: »Einer müsste unbedingt das Altglas wegbringen.« Aber das Altglas bleibt da, nichts zu sehen von Einer.

Der Fall der Christbaumkugel ist besonders schwierig. Es war, glaube ich, Anfang März, als Paola ihretwegen einen Wutanfall bekam. Sie schrie, diese Christbaumkugel müsse hier endlich weggeräumt werden, wenn sie nicht bald hier weggeräumt werde, dann werde sie das Ding aus dem Fenster werfen, sie könne es nicht mehr sehen.

Man beachte nun hier die Formel »muss hier endlich weggeräumt werden«. Es handelt sich um das sogenannte Partnerschafts-Passiv, eine in Beziehungen sehr alltägliche Art zu sprechen, wenn es um

Dinge geht, die unbedingt getan werden müssen, die man selbst aber um keinen Preis der Welt tun möchte. Es gibt ja so gewisse Dinge, die man einfach überhaupt nicht gerne tut, bei jedem ist es etwas anderes: Ich persönlich hasse das Bohren von Löchern (zum Bilderaufhängen oder Regalbefestigen) wie nichts auf der Welt. Paola verachtet das Blumengießen, als wäre es der Abschaum unter den Tätigkeiten. Wenn nun Löcher gebohrt oder Blumen gegossen werden müssen, man selbst es aber einerseits nicht tun möchte, andererseits aber auch aus internen Gründen nicht direkt den Partner dazu auffordern will (»Kannst du nicht hier endlich mal …?!«) – dann also verwendet man das Partnerschafts-Passiv. Es macht auf das Problem aufmerksam, provoziert nicht unbedingt Streit und lässt für die Lösung Spielräume, zum Beispiel die sanfte Antwort: »Wie wäre es, du würdest es tun …?«

Mit der Christbaumkugel war es nun so, dass sich eines Tages mehrere Gegenstände angesammelt hatten, die in den Keller gebracht werden mussten, darunter eine Reisetasche. Ich packte ungefähr im April in einem Anfall von Entschlusskraft alles in die Reisetasche, trug sie in den Keller und stellte die Tasche dort ab, samt Kugel.

Ein paar Wochen später musste Paola über das Wochenende verreisen. Sie holte sich aus dem Keller die Reisetasche und bemerkte erst in der Wohnung, dass die Christbaumkugel noch drin war. »Die Reisetasche hätte im Keller ausgepackt werden müssen«, sagte Paola und legte die Christbaumkugel wieder auf die Kommode im Flur, wo sie sich, wie gesagt, immer noch befindet.

Wir haben ja nun schon August. Eigentlich lohnt es sich gar nicht mehr, die Kugel noch in den Keller zu bringen. Für die paar Monate. Weihnachten müsste sie ja doch nur wieder nach oben gebracht werden. Oder Jemand müsste sie holen. Oder Einer. Oder Man.

EUGEN ROTH

Das Weihnachtsbild

Der altertümliche Herr, der dort kerzengerade, aber doch ein wenig wackelig, durch den nassen Dezembersturm geht, ist der Hofrat Farny. Kein Mensch weiß, warum er Hofrat ist, was er alles getrieben hat in seinem langen Leben, ob er Arzt war oder Gelehrter, Beamter vielleicht im alten Österreich; kein Mensch weiß auch, wovon er lebt, wovon er gelebt hat in all den Jahren, seit er hier aufgetaucht ist, in der mäßig großen fränkischen Stadt, in der er jetzt durch den nassen Schnee wandert, in einem schier dürftigen Winterrock, der windflatternd um seine Knie schlägt, den bartlosen Geierkopf unterm breiten Hut vorgestreckt, ohne Blinzeln in das Gestöber hineinblickend, ein verwetztes leeres Mäppchen unter den Arm geklemmt. Ja, das Mäppchen ist noch leer, er kann es gleichgültig halten, so oder so, es schadet nicht viel, ob es feucht wird, ob es der Wind aufblättert. Wenn er aber Glück hat, wird er es behutsam nach Hause tragen, mit köstlichen Erwerbungen gefüllt, alten Stichen und

Steinzeichnungen, Pergamentmalereien oder Aquarellen, wie er sie, vielleicht, finden würde in den Läden und Gewölben der vier, fünf Trödler und Antiquare, die es hier gab. Er war ein Sammler, ein Liebhaber, ja; und wie ein Liebhaber zog er jetzt aus, das Abenteuer zu suchen. Feurige Gedanken und kühne Hoffnungen bewegten sein Herz; es konnte ihm gelingen, den großen Fang zu tun, den unwahrscheinlichen Schatz zu heben. Und wie ein Freier davon träumt, der Braut zu begegnen, sie zu gewinnen, sie heimzuführen, wie er davon schwärmt, des herrlichen, nicht mehr bestrittenen Besitzes sich zu freuen, so gedachte der alte Hofrat, die noch leere Mappe durch den Winternachmittag tragend, in ahnender Lust der wunderbaren Stunde, da er seine Eroberungen daheim, unterm Lampenlicht, auf den Tisch breiten würde, nicht heute, nein, da wird er sich bezwingen; aber morgen Abend, am 24. Dezember, da wollte er es tun. Zwei Pakete, von auswärtigen Händlern, Ansichtssendungen, hatte er schon zu Hause liegen; hatte sie nicht aufgemacht, wie sehr ihn danach verlangte. Dies sollte sein Weihnachten werden; seine Christbescherung. Mochten andere sich ein Bäumchen putzen, sich mit Geschenken überraschen – das lag weit hinter ihm. Zwei Frauen hatte er begraben, der einzige Sohn war ihm gefallen. Seitdem gehörte seine Liebe den kleinen Dingen am Rande der großen Kunst. Und wenn der Hofrat heute auszog, einen Fund zu tun, sein Weihnachtsgeschenk zu holen, dann dachte er nicht an meisterliche Kostbarkeiten; so unbescheiden kam er dem Schicksal nicht. Aber warum sollte er nicht das eine oder andere Blättchen finden, das wie für ihn bestimmt schien, das wie eine Sprosse war für die Leiter seiner eigenwillig ausgerichteten Sammlung, wohlfeil und doch nicht für alles Geld der Welt aufzutreiben, wenn es einem nicht der holde Zufall in den Weg warf. Und dieser Zufall, dieses Glück musste heute mächtig sein. Der alte Mann witterte es. Mit dem gespannten Ausdruck eines Jägers klinkte er die Türe des ersten Ladens auf, den er bei seinem Pirschgang besuchen wollte. Den ergiebigsten Platz freilich, wo er sich wirklich Beute erhoffen durfte, sparte er sich bis zum Schluss auf: die Höllriegelsche Kunsthandlung an der Korbiniansbrücke.

Auf der Korbiniansbrücke stand in derselben Stunde ein anderer Herr müßig im leiser werdenden Schneetreiben, ein jüngerer Mann, gemessen am alten Hofrat, wohlvergraben im weichen Flauschmantel, mit festen Schuhen unbekümmert in der Nässe und schaute ins trübe Wasser hinab oder in die schon dämmernden Straßen hinein, bis zur Kirche, deren Turm im Dunst verschwand. Er hatte Zeit dazu herumzustehen, er hatte mehr Zeit an diesem Nachmittag, als ihm lieb war. Weiß Gott, er war sonst ein eiliger Mann, in Hamburg, wo er daheim war, ein vielbeschäftigter, ein Architekt, Hansen hieß er und Zeit war Geld für ihn. Aber heute und hier, was sollte er treiben, den ganzen Nachmittag, in einer mittelgroßen, fremden Stadt. Er war mittags gekommen, eine wichtige Besprechung mit den Behörden war auf morgen früh verlegt worden, eine dumme Geschichte, er musste den Mittagszug noch erreichen, wenn er am Christabend, spät genug, noch daheim sein wollte.

Und was er morgen an Zeit zu wenig haben würde, das hatte er heute zu viel, er stand herum, zum Wein konnte er doch nicht gehen, was sollte er sonst den Abend tun, den ganzen Abend, der war noch lang genug zum Trinken und zum Sinnieren. Gewiss, hinterher, wenn er wieder im Zug saß, würde es ihm einfallen, dass er den und jenen Bekannten hier hatte, aber jetzt fiel ihm keiner ein. Er ging ein paar Schritte weiter, er sah gleichmütig in die Auslagen voller passender Festgeschenke, für wen wohl passend, lächelte er, für ihn gewiss nicht. Er sah auch in die Fenster der Höllriegelschen Kunsthandlung, im halben Licht bot sich ihm ein Wust von Büchern und Trödel, von Möbeln, Teppichen, Bildern, Waffen und altem Kunstgewerbe. Und mit einmal lagen die nächsten Stunden freundlicher vor ihm: Hier würde er sie verschmökern, in zielloser Jagd nach dem glücklichen Zufall.

Er trat ein, fragte das verlegen aufwachende Mädchen mit fröhlicher Gelassenheit, ob er sich, ohne bestimmte Kaufabsicht, umsehen dürfe, und ließ sich hier einen Krug und dort ein Bild zeigen, griff wohl auch selbst nach einem Buch oder einem Blatt und kam mehr und mehr mit dem Mädchen, das seine Schüchternheit vergaß, ins Plaudern. Im Hintergrund des weitläufigen Ladens fand er in einem Gestell eine Mappe, trug sie unters Licht und begann, sie durchzublättern.

Der alte Hofrat hatte recht gewittert: Der holde Zufall, das Glück war heute mächtig. Nach einer Reihe von belanglosen Dingen, als er schon ermüden wollte, fand der Architekt das entzückendste Bildchen, das sich denken lässt. Beileibe kein Werk von großer Kunst, ja offenbar überhaupt von der Hand eines Stümpers, aber ein Bildchen, in das jeder empfindsame Mensch verliebt sein musste, auf den ersten Blick. Rührend gezeichnet und in sauberen, ein wenig grellen Wasserfarben getuscht, stellte es ein Biedermeierzimmer am Christabend dar. In der Mitte des Raumes stand der Gabentisch, mit einem hölzernen Reiter darauf, einem vierspännigen Planwagen und einer Puppenküche. Darüber zwei Christbäumchen, mit Lichtern geputzt und mit buntem Marzipan behängt. Der Vater steht dort, das jauchzende Jüngste im Arm, zwei Schwesterchen küssen sich, ein Bub schiebt ein Wägelchen, sein Geschenk, quer durch das Zimmer, Mutter und Großmutter aber schauen gerührt auf zwei weitere Geschwister, die ein paar arme Nachbarskinder bescheren. Auf dem mächtigen, weinroten Kanapee aber lehnt, völlig vergessen, eine allerliebst gekleidete Puppe.

Der Architekt fragte, so beiläufig als er es in seiner Freude vermochte, was dieses Bildchen kostete. Er machte sich insgeheim auf einen bedeutenden Preis gefasst, entschlossen, ihn zu zahlen, wenn er nicht gar zu unsinnig wäre: Das Mädchen entzifferte die Auszeichnung und sagte stockend, als wäre es zu viel: Dieses Bildchen kostet fünf Mark. Der Kunde, der dreißig gerne gezahlt hätte und bei fünfzig kaum schwankend geworden wäre, griff unverzüglich in die Tasche und legte ein blankes Fünfmarkstück auf den Tisch.

Im selben Augenblick ging die Tür, und aus dem Schneedunkel traten zwei Männer herein, zwei Greise, ein kleiner, wieselflinker, der dienernd voranging, und ein großer, bolzengerader, der starr stehenblieb, als er, mit einem Blick, den Fremden gewahrte, über die Mappe gebeugt.

Da habe er es noch gerade recht getroffen, rief

der muntere Alte, er wisse ja, wann der Hofrat zu kommen pflege, und er habe ihm ja auch was besonders Schönes hergerichtet, was er einem alten Kunden zu Weih-… er blieb mitten im Wort stecken, denn nun hatte auch er gesehen, dass die Blätter, die dieser Fremde durchforschte, eben die waren, die er für den Hofrat bestimmt hatte.

Der Architekt merkte nichts von der heillosen Verwirrung, die ihn umgab und die auch das Mädchen ergriffen haben musste unter dem bitteren Schweigen des Hofrats und den zornigen und hilflosen Blicken ihres Großvaters. Gelassen schloss er die Mappe, in der nichts weiter seine Aufmerksamkeit erregt hatte. Der Händler griff mit allen Fingern danach: »Sie sind fertig, mein Herr? Sie haben nichts gefunden?«, rief er gierig und warf einen erlösten, einen sieghaften Blick auf den Hofrat; auch dieser trat, wie aus einem Bann gelöst, hastig näher.

Der Architekt, ein wenig verwundert, aber nicht begreifend, sagte ganz ruhig, nein, er habe nichts weiter gefunden, außer diesem Bildchen, das er bereits gekauft und bezahlt habe. Fünf Mark, es habe wohl seine Richtigkeit, das Geld liege übrigens noch auf dem Tisch. Und er nahm das Bild, das von den andern Blättern halb verdeckt gewesen war, und hielt es dem Händler hin.

Der zuckte schmerzlich zusammen; der Teufel

hätte nicht tückischer wählen können als dieser zur Unzeit hergelaufene Kunde! Er hätte gar zu gern dem fremden Herrn dieses Bild wieder abgejagt, dieses Aquarell, das er seit einem halben Jahr verborgen gehalten hatte, um den Hofrat damit zu überraschen. Aber an dem Kauf war nichts zu drehen und zu deuteln. Sollte er den Preis für einen Irrtum seiner Enkelin erklären und eine verrückte Summe verlangen? Ja, wenn die geheime Zahl zweistellig gewesen wäre – aber hier stand deutlich ein einzelner Buchstabe! Und dem Herrn alles erzählen, die ganze Schuld auf das Mädchen schieben – er hatte einen Ausweg gefunden: »Nicht wahr, Herr Hofrat«, sagte er, und blinzelte hinüber, »Sie hatten doch dieses Bild bereits fest erworben, es ist nur aus Versehen – meine Enkelin konnte nicht wissen –« Sein Versuch scheiterte an dem harten Blick des Hofrats, der kalt und mühsam hervorbrachte, indem er sich ein wenig altmodisch gegen den Architekten verneigte: Er könne sich nicht entsinnen, es müsste bei dem bleiben, dass der Herr ihm zuvorgekommen sei, und einen Hirschen könne man nicht zweimal schießen. Und er fragte bescheiden, ob er das Blatt näher betrachten dürfe.

Der Architekt, der sich gern mit seiner Beute aus dem Staube gemacht hätte, denn es wurde ihm unbehaglich, gab mit ausgesuchter Höflichkeit dem alten Herrn das Bild. Der trat unter die Lampe und betrachtete es; was, betrachten! Mit den Augen verschlang er's, mit der Nase befuhr er's, mit den Lippen schmeckte er es; er würgte es gierig in sich hinein, dann wieder, wie vergessend, dass es ihm nicht gehöre, überglänzte er es mit seligen Blicken. Dies sei, sagte er endlich, das erste Bild, das ihm unterkomme, auf dem die Christbäume hängend, von der Decke herab, dargestellt seien. Und er erzählte, wie um einen Vorwand zu haben, das Blatt noch nicht weggeben zu müssen, vom alten Heidenbrauch des spukwehrenden Wintergrüns, lachte, dass der erste Pfarrer, der »gegen die waldnachteilige Verhackung der Weihnachtsbäume« gewettert hatte, ausgerechnet Dannhauser geheißen habe, und brachte eine Reihe von Schnurren und Anmerkungen vor, eifrig redend, als gelte es, einen Zauberkreis von Worten um das Bild, das unselig verlorne, rasend begehrte und nach geheimem Recht ihm gehörige Bild, zu schließen.

In der Tat benützte der Architekt denn auch die erste Lücke des Gesprächs, ihm die Beute zu entreißen, indem er auf die Uhr sah, etwas von höchster Zeit murmelte und die Hand, höflich aber bestimmt, gegen das Bild hinstreckte. Der Hofrat genoss den unwiderruflich letzten Blick auf das geliebte Blatt mit trunkenen Augen; seine Hand zitterte, er stieß einen ächzenden Seufzer aus, dann hielt er es schwankend in die Luft, abgewandten Gesichts, wie verlöschend in Qual. Der Architekt, beschämt und unschlüssig, ob er etwas sagen sollte, nahm das Bild, rollte es zusammen, steckte es in die weite Brusttasche seines Mantels und verließ mit raschem Gruß den Laden, überzeugt, dass hinter ihm ein Wirbelsturm der Wut, der Verzweiflung und Verwünschungen losbreche. Er kam sich, während er durch den inzwischen weiß und dicht gefallenen Schnee seinem Gasthof zustrebte, bald wie ein großartiger Glückspilz vor, bald wie ein flüchtender Attentäter. Das tapfere und hoffnungslose Gesicht des alten Herrn wollte ihm nicht aus dem Sinn, ja, es schwamm vor ihm her im zitternd rieselnden Schnee. Weiß Gott, wenn der Hofrat die zugeworfene Rettungsleine ergriffen, wenn er beschworen hätte, das Bild gekannt und so gut wie gekauft zu haben, ob er, der Architekt, dann die Scherereien des Rechtbehaltens auf sich genommen hätte. Ein ritterlicher Mensch, das war er, der wunderliche Kauz; wer weiß, was der alles erlebt hat, bis er so geworden ist! Ob ich auch einmal so werden würde, gierig auf ein Bildchen, kindisch, wenn ich's nicht bekomme – der alte Knabe hätte doch beinahe das Heulen angefangen. Ob ich so werde? Ich bin ja schon so! Einem armen Teufel sein Weihnachtsvergnügen nehmen, pfui! Hätt' ich's ihm doch gelassen! Kunststück, etwas entdecken, was für den andern vielleicht schon hergerichtet war. – Er schämte sich; auf der Stelle wollte er umkehren; aber der Trotz verbot es ihm. Und was ging ihn ein fremder Herr an. Und schließlich war es ein reizendes Bild, gut und gerne seine fünfzig Mark wert, auch wenn es nur fünf gekostet hatte. Einen so seltenen Fang lässt man nicht wieder fahren, einer flüchtigen Wallung des Herzens zuliebe.

Er ging auf sein Zimmer, holte das Bild aus der Tasche, betrachtete es, sorgfältig und ohne Überschwang. Sehr nett, dachte er, aber eigentlich nichts weiter. Wenn man es ohne Gnade beschaut, gibt es nicht viel her. Für den Hofrat freilich, den armen Alten, wird es zum verzehrenden Gaukelspiel des Unerreichten, schöner von Tag zu Tag. – Der Unglückliche! Tut mir leid, aber –

Er warf wieder einen Blick auf das bunte Blatt, es gefiel ihm jetzt über die Maßen, nie würde er es hergeben. Der Hofrat – was kümmerte ihn der Hofrat! – wird jetzt auch heimgekommen sein, nichts wird er haben, um es auf den Tisch zu breiten, an das Bild hier wird er denken, mit brennendem Herzen.

Der Architekt schalt sich selber einen gefühlsseligen Narren, warf das Bild in die Tischlade, machte sich für den Abend zurecht und trat wieder ins Freie. Heute werd' ich ordentlich eins trinken, dachte er. Und tat es auch. Über vieles wollte er nachdenken, ein einsamer Zecher, wie selten hatte er Muße dazu, so gut zu sitzen und die Gedanken schweifen zu lassen über die Jahre, die schon gelebten und die noch zu lebenden, ins Ungewisse hinein und mit welcher Kraft des Herzens. Aber wohin er seine Seele auch sandte, der alte Mann holte ihn ein, in hundert Verwandlungen, auf tausend Wegen kam er ihm entgegen, trat an den Tisch zu dem Trinkenden, flehte um das Bild.

Und jetzt erst recht nicht, sagte der Architekt und sagte es fast laut vor sich hin und setzte noch einen Schoppen drauf und noch einen. Und spürte doch, dass ihm das Bild nicht mehr gehöre.

Er ging spät in den Gasthof zurück, schlief schwer, erwachte wirr, sah, dass es schon hohe Zeit war, zu der Besprechung zu gehen, machte sich eilig fertig, frühstückte voll Hast und bestellte den Diener mit dem Koffer an die Bahn zu dem Mittagszug, mit dem er fahren wollte, den er unbedingt erreichen musste.

Die Besprechung war anstrengend, der Architekt war ganz Fachmann und genauer Rechner, viel stand auf dem Spiel. Mit knapper Not wurde bis zur Mittagsstunde eine vorläufige Einigung erzielt, um 12 Uhr 36 ging der Zug, er stieg in das Taxi, auf dem Bahnhof war ein bewegtes Treiben, natürlich, am Tag vor Weihnachten! Mit dem Worte Weihnachten fiel ihm der Hofrat ein und das Bild – das Bild, das wahrhaftig jetzt im Hotel liegengeblieben war – im Schubfach!

Der Diener stand da mit dem Koffer. Es eilte sehr. »Hören Sie«, sagte der Architekt, »ich habe ein Bild liegengelassen –« – »Wird nachgeschickt!«, fiel ihm der Diener beflissen ins Wort. Aber der Reisende, indem er sich schon aufs Trittbrett schwang, lachte plötzlich, und es war das gute Lachen des Siegers, der sich selbst bezwingt: »Nein«, rief er, »nicht nachschicken! Tragen Sie es gleich, jetzt, sobald Sie heimkommen, zu dem Antiquar an der Brücke, er soll es dem Hofrat bringen, dem es gehört. Und die fünf Mark, die es gekostet hat, soll er seiner Enkelin geben, als Schmerzensgeld, denn sie wird genug gescholten worden sein!« Und der Diener rief, dem fahrenden Zug nach, ein wenig ungewiss, was der Auftrag bedeuten solle, er werde es genau so ausrichten. Und er wünsche dem Herrn fröhliche Weihnachten.

Der Zug war überfüllt, aber der Architekt fuhr erster Klasse, es kam ihm nicht drauf an, das war heute ein Abschluss von Hunderttausenden gewesen. Und er war noch vergnügter darüber, dass er eine Sache in Ordnung gebracht hatte, im Wert von fünf Mark. So billig, lachte er in sich hinein, so recht billig habe ich noch nie fünf Menschen eine Weihnachtsfreude gemacht: einem alten Mann, noch einem alten Mann, einem Mädchen, mir selber und, wenn ich's ihr erzähle, meiner Frau auch – und wenn ich ihr auch nichts mitgebracht habe als diese Geschichte.

ERICH KÄSTNER

Eine nette Bescherung

Herr Arno Leinert stand vorm Schlafzimmerspiegel und klebte sich einen Vollbart. Genau betrachtet, handelte sich's um höchst ordinäre, schmutzig graue Watte, die nur, weil sie ans Kinn gepeppt wurde (aus geographischen Gründen sozusagen), als Vollbart angesprochen zu werden verdiente. – Herr Leinerts Verkleidungsbedürfnis ging aber weiter. Er band sich eine Larve vor, die ihn nicht eigentlich vorteilhaft veränderte: Runde, blutunterlaufene Bäckchen wölbten sich unter unerträglich stupiden Schlitzaugen, und eine Kartoffelnase, die jede Vorstellung übertraf, zitterte wie nervöser Pudding über dem Wattekinn. Das, was Leinert im Spiegel sah, glich zehnmal eher einer geplatzten Matratze als einem Gesicht... Er lächelte der im Spiegel starr grinsenden Maske zu und stand im Begriff, vor sich selber Angst zu bekommen, als die Stimme seiner Frau durch den Flur klingelte: »Arno, mach schnell! Wir können mit der Bescherung nicht länger warten!«

Leinert stieß mehrere Worte hervor, die dem Heiligabend – denn um diesen handelte sich's im vorliegenden Falle – in keiner Weise gerecht zu werden vermochten. Dann zerrte er seinen Gehpelz aus dem Schrank, stülpte ihn (den Pelz, versteht sich) um und kroch hinein, so dass er nahezu einem Tiger glich, der »Männchen« macht. Als Kopfbedeckung erwischte er, eher zufällig als in Absicht, den Zylinder. Schließlich packte er den Teppichklopfer, warf eine zum Sack verarbeitete Chaiselonguedecke über die Schulter und stampfte flurwärts.

Der Effekt des weihnachtsmännisch verkappten Herrn Leinert übertraf jede Erwartung. Sogar die Erwachsenen wurden blass. Leinerts Frau nämlich und ihre Schwester, die mit einem Metallarbeiter Börner verheiratet war und diesen mitgebracht hatte. – Geradezu jammervoll wirkte Leinerts Äußeres allerdings auf dessen eigenen Sohn, der auf den Namen Egon hörte und von Natur ängstlich war. Egon stand, bevor der Papa eintrat, am Christbaum und memorierte rücksichtsvoll ein paar Verse, die er – unbeschadet seiner fünf Jahre – erlernt und darüber hinaus begriffen hatte.

Es hat keinen Sinn, länger das Resultat der Leinert'schen Bescherung zu verheimlichen ... Als jenes Ungetüm, zu dem Herr Arno Leinert sich verwandelt hatte, die Stube betrat, schrie Egon derart markerschütternd auf und setzte sich so unzweideutig auf den kleinen Hosenboden, dass Frau Leinert nichts Besseres wusste, als mit dem schreienden Söhnchen im Laufschritt das weihnachtlich duftende Gemach zu verlassen.

Gut Ding will Weile. Und Egon kam so bald nicht wieder zum Vorschein … Leinert kratzte sich die Watte vom Kinn, zerrte die Larve wütend vom Gesicht, stülpte den Zylinder auf die Goethe-Büste und sank mürrisch neben Börners in einen Stuhl. »Na, warum habt ihr eure Kinder nicht mitgebracht?«, fragte er die Schwägerin. »Max wollte nicht«, meinte Frau Leinerts Schwester und blickte verlegen auf ihren Mann. – »Ist nichts für Arbeiterkinder«, erklärte Börner. »Neid ist schon für uns Große schädlich, Kinder ruiniert es in Grund und Boden. Ein Kind, das zwei Paar wollene Strümpfe kriegt, darf nicht zusehen, wenn andere mit elektrischen Eisenbahnen spielen und Hunde mit Marzipanbrot füttern.« Arno Leinert schob sich aus dem Stuhl, kippte einen Kognak und sagte: »Knurre nicht, Schwager! Weihnachten ist bekanntlich das Fest der Freude.« – »Da fangt nur bald an, euch zu freuen!«, schlug Börner vor.

Leinert zuckte mit den Achseln und verließ das Zimmer. Dann hörte man irgendwo schreckliches Gebrüll und diabolisches Fluchen. Börner packte seine Frau bei den Schultern: »Komm, Alma, wir gehen wieder.« Die Frau stülpfte ihr unscheinbares Hütchen auf den Kopf, blinzelte in die Christbaumkerzen hinein, trat vor den geschenkbeladenen Ausziehtisch, streichelte ein Pelzmäntelchen, bewunderte einen Stapel seidener Hemden, krampfte die Hände in Spitzen und Chinakrepp und sagte: »Mann, nimm dir wenigstens noch eine von den guten Zigarren.« Er sah sie ein wenig böse an und zog sie zur Türe.

Da sprang Leinert ins Zimmer und schrie »So ein Quatsch verdammter! In was für 'ne Kleinkinderbewahranstalt bin ich denn hier geraten!« Und schon trampelte er, wie ein gereizter Elefant, auf der am Boden sorglich aufgestellten Eisenbahn herum, auf dem Bahnhof, auf dem Stationsvorsteher, den Signallampen und dem zierlichen Stellhaus. Ohne ein Wort zu verlieren, in stummer Verzweiflung, zerstampfte er, was ihm unter die Sohlen geriet. Dann stieß er, wie ein Fußballer, da vorzeitige Gerümpel unter die Schränke und brüllte: »Blech!« Schließlich riss er das Fenster auf und warf alles, was er erwischen konnte, zum Fenster hinaus: Bilderbücher und Dessous, Baukästen und Schlipse, Perlenkolliers und Kinderkleider, Dichterquartette, Uhrketten und Ölsardinen – alles sauste im Bogen aufs Pflaster.

»Was ist denn mit dir los?«, fragte Börner. Und als keine Antwort kam, fragte Börners Frau: »Wo sind denn Herta und Egon?« – »Im Bett ist die Bande!«, kreischte Leinert, »der Herr Sohn hat den Schreikrampf, und seine Mutter telefoniert zum Onkel Doktor, es stürbe wer! So eine schwächliche Bagage! Ich fahre fort. Und sie mögen um die Wette schreien, solange sich's die Nachbarn gefallen lassen. Sie sollen ihre werten Nerven einmotten und ihre Stiefelchen mit Watte besohlen lassen! Ich hab' genug!« Damit stürmte er aus dem Zimmer, das aussah, als sei ein Gewitter niedergegangen. –

Börners schlugen sich schleunig in die Büsche. Vor dem Haus standen und kauerten viele Menschen und suchten Weihnachtsgeschenke aus dem Dreck. In der Ferne tauchte der Schutzmann auf. Die Menge fuhr eilends auseinander. Frau Börner blickte neugierig auf die Straße und flüsterte: »Ob das Halsband noch daliegt?« Aber der Mann packte ihren Arm und zog sie fort.

FRANZ HESSEL

Geschichte des alten Mädchens

Ich hätte eigentlich den Heiligen Abend bei meiner verheirateten Schwester verbringen sollen wie sonst. Da sind Kinder, da ist ein Christbaum. Aber mit einmal konnte ich nicht. Ich konnte nicht mehr. Es ging nicht. Ich hab' sagen lassen, ich sei krank. Nun werden sie morgen zu mir kommen und sich freuen, dass ich mich so schnell erholt habe. Warum es nicht ging?

Als kleines Kind – ich war das Jüngste – wurde ich, wenn es zur Bescherung klingelte, vom Vater aus dem Kinderzimmer geholt, ging an seiner Hand durch ein dunkles Zimmer, und im nächsten, dessen Tür halb aufstand, war Kerzenlicht. Nie wieder habe ich solche Freude empfunden wie in diesen paar Augenblicken in dem dunklen Zimmer. Es waren gar nicht die Geschenke, auf die ich mich freute, es war vielleicht dieser Kerzenglanz. Aber ihm entgegenzugehn war noch schöner als nachher ganz nah bei ihm, in ihm zu sein.

Oder habe ich die große Freude unterm Baum

vergessen? Vergisst man die ganz großen Freuden? Wenn ich an die Weihnachten meiner Kindheit denke, bin ich immer in dem dunklen Zimmer an meines Vaters Hand.

Er nahm mich sonst selten an der Hand. Mit den andern, den Jungen und meiner Schwester, war viel mehr anzufangen. Ein Nesthäkchen bin ich nicht gewesen, obwohl ich das Jüngste war. Meist trug ich die abgelegten Kleider meiner Schwester; sie wuchs so schnell heraus. Ich blieb lange klein. Und als ich einmal ein eigenes, ganz neues Kostümchen bekam, war mir gar nicht gut darin. Die Mutter fragte:

»Freust du dich denn gar nicht über dein neues Kleid?« – »Ja, Mutter«, sagte ich und wollte in die Hände schlagen, aber es glückte nicht.

Meine Schwester hab' ich immer sehr lieb gehabt und auch die, die sie lieb hatten. Als wir aus dem Spielalter heraus waren und Tanzstunde hatten – wir hatten zusammen Tanzstunde und ich war wohl noch ein bisschen zu jung dafür, ich hatte noch nicht so die richtige Freude daran. Sie verstehn –, da war ich so gern dabei, wenn sie mit einem unsrer Primaner oder Studenten die Gesellschaft verließ. Sie hatte auch anfangs nichts dagegen. Nur schickte sie mich meistens nach einer Weile fort und sagte mir, wann ich wiederkommen sollte. Inzwischen hab' ich für die beiden aufgepasst – na ja unsre Kleinstadt! –, es war schön allein zu sitzen auf einer Wiese etwa und an sie und ihn zu denken, wohl eigentlich mehr an sie. Einer war unter den jungen Leuten, den hatten wir beide besonders gern, und ich glaubte, sie würde ihn heiraten, aber daraus ist nichts geworden. Er war zu mir immer besonders aufmerksam. Damals schenkte man sich noch Goldschnittbücher bei uns. Ich habe noch ein Bändchen *Waldmeisters Brautfahrt* von ihm. Das bekam ich, als er meiner Schwester den *Trompeter von Säckingen* brachte. Lang ist das her. Und nun denken Sie, diesen Jungen, der inzwischen weit in der Welt herumgekommen ist, den hab' ich vor ein paar Tagen wiedergesehn. Er ist hier bei Verwandten zu Besuch, der Junge, der inzwischen ein älterer Herr, Doktor und Diplomat, geworden ist. Ich traf ihn auf der Straße, bevor er zu meinen Leuten gekommen ist. Er nahm mich am Arm, mich altes Mädchen. Wir gingen die kleinen Gassen am alten Domplatz hinauf und herunter. Er erzählte und erzählte – nun, das kann Sie nicht interessieren –, aber er erkundigte sich gar nicht nach meiner Schwester. Erst ganz zuletzt. Als er dann fragte: »Wann darf ich Sie wiedersehn?«, da sagte ich: »Kommen Sie nicht zu Erna?« Da erst fing er an, sich zu erkundigen nach dem, was er noch nicht von ihr wusste, fragte nach den Kindern und ihrem Mann. Und dann ist er bei ihr gewesen, und es wurde verabredet, er solle am Heiligen Abend bei uns sein. Denn seine Leute machten eine Skitour, und denen wollte er erst am Sonntag nachreisen. Am Ende liebt sie ihn doch noch, dachte ich, dass sie ihn zum Heiligen Abend zu kommen bittet. »Du freust dich doch gewiss sehr, wenn der Doktor Decker Weihnachten zu uns kommt?«, fragte mich meine Schwester und sah mich groß und etwas – komisch an. »Und du?«, sagte ich. »Na gewiss freut's mich. Wir haben ein langes Gespräch gehabt über dich.« – »Über mich?« Sie küsste mich wie als wir Kinder waren, indem sie mir beide Ohren zuhielt und den Kopf in den Nacken drückte. »Ach Liesl, Liesl Warteweilchen«, sagte sie dann und lachte lustig. So nannte sie mich oft, und das hieß unter uns etwa, was man jetzt Liesl mit der langen Leitung nennen würde. Ich verstand nicht recht, warum sie so lieb und lustig mit mir war. Liebt sie ihn am Ende doch noch?, dachte ich.

Heute früh ist der Doktor Decker bei mir gewesen. Ich und meine kleine Stube, wir waren auf Besuch gar nicht gefasst. Erschrocken bin ich, als er mit seinem Blumenstrauß in der Tür stand. Und nun, denken Sie, nun hat er so herumgeredet; er wäre ja nicht mehr jung und er wüsste nicht, was ich wohl seither erlebt habe, aber da wir doch von Kindheit an gute Freunde seien – nun kurzum, es wurde ein regelrechter Antrag. Da, – da ist etwas eiskalt geworden in mir. Und mit einmal bin ich wütend gewesen auf das ganze Leben und auf meine arme Jugend. Na, wütend, das ist vielleicht zu viel. Ich wurde ganz still. Ich hätte gern geweint, aber es kamen keine Tränen. Er sagte: »Ich verstehe, Sie können sich nicht so schnell entscheiden, ich habe Sie überrumpelt, aber –« und da lächelte er und sah aus wie damals als Junge, wenn ich ihm auf Wiedersehn sagte und ihn mit meiner Schwester allein ließ. Er lächelte und sagte: »Aber heut' Abend unterm Christbaum sehn wir uns wieder.«

Und da habe ich denn, als ich allein war, nachgedacht, nachgefühlt, ob ich doch hingehn sollte. Ach vielleicht hätte meine Schwester es gern gesehn, wenn ich seinen Antrag angenommen hätte. Sie hätte mir vielleicht zuzureden verstanden, aber nein, dies abgetragene Kleid will ich nicht tragen, nein, dann will ich lieber in Lumpen gehn –«

Die kleine Frau sah erschrocken auf, so laut hatte die sonst so Leise die letzten Worte gesprochen. »Oh, Gott«, sagte sie, »was geht das Sie an, meine Damen und Herren? Verzeihen Sie. Aber Sie werden vielleicht verstehen, dass ich heute Abend allein geblieben bin. Ach und so schön wie damals, als der Vater mit mir durchs dunkle Zimmer ging, kann Weihnachten wohl doch nie wieder sein. Gute Nacht.«

EDUARD VON EYSERLING

Geschlossene Weihnachtstüren

Helmar von Alderkaß saß vor seinem Spiegel und strich mit der Bürste sanft über seinen blonden Schnurrbart. Er musste sich heute Nachmittag allein ankleiden, denn sein Diener Josef hatte sich freigebeten. Der Bursche behauptete verlobt zu sein, und wollte den Weihnachtsabend im Kreise seiner zukünftigen Schwiegerfamilie verleben. Das auf korrekte Gleichgültigkeit stilisierte Dienergesicht unter dem Weihnachtsbaum, bräutlich gemütlich, das war gar nicht auszudenken, gespenstisch. Während Helmar langsam fortfuhr, sich anzukleiden, überdachte er den Abend, der vor ihm lag. Er liebte es, wenn er in Gesellschaft ging, im Voraus ein wenig Regie zu spielen. Man legt sich das eine oder das andere gute Wort zurecht. Es ist nützlich, auch diese Dinge sorgsam zu behandeln, sonst wird das Gesellschaftliche trivial und wir mit ihm. Zuerst musste er zur Baronin Helene gehen. Was war diese kleine Frau mit den schillernden Augen und den winzigen Händen, die vor Erregung immer noch kühler als ihre vielen Ringe waren, was war sie für ein wunderbar überirdisches Wesen, stets bereit, mit ihm den Alltag zu verlassen, um sich in ganz seltene Gedankenfernen zu verlieren. »Sprechen Sie, Alderkaß«, pflegte sie zu sagen, wenn sie beisammensaßen, »sprechen Sie von Ihren, wissen Sie, von den ganz großen Dingen. Mir ist es dann, als legten Sie den Arm um meine Taille und wir flögen weit fort, dorthin, wo eine fremde, kühle, überirdische Luft mir den Atem benimmt. Das macht mich schwindelig und glücklich.« Und dann konnte Helmar sprechen. Sie verstand ihn vielleicht nicht, aber das farbige Fieber ihrer Augen, die kühl erregte Hand, die sich auf die seine legte, der schwüle Orchideenduft, den sie an sich hatte, all das gab ihm etwas wie einen kleinen überirdischen Rausch. Er wollte ihr einen Opal an einer dünnen, langen Kette schenken. Er musste dazu etwas sagen. Was denn gleich? Etwa: »Der Opal ist ein Wunderstein. Andere beten um das täglich Brot, Sie, liebe Freundin, beten, ›mein tägliches Wunder gib mir heute‹. So gehört der Wunderstein zu Ihnen.« Das klang zwar ein wenig süß, allein in solchen Lebenslagen müssen wir den Mut unserer Sentimentalität haben. Das war alles gut, nur war da noch der Mann, der gute Kurt, der mit seinen treuen blauen Augen Helene und Helmar, wenn sie sich zusammen in das Übersinnliche verloren, erstaunt, verlegen und ein wenig melancholisch ansah. Er störte nicht, aber er fiel Helmar auf die Nerven, wie alles, was nicht auf seinem richtigen Platz steht. Gleichviel. Später wollte Helmar zu Ebinghausens gehen, zu Verena. Dieses schöne blonde Mädchen liebte ihn mit einer so andächtigen Liebe, dass ihre Gegenwart ihn mit einer köstlichen Feierlichkeit vor sich selber erfüllte. »Bei Ihnen, Verena«, hatte er einmal gesagt, »komme ich mir vor wie eine Kirche, in der ein wunderschönes Wesen betet.« Zuweilen allerdings hatte er bei Verena Lust, nicht mehr Kirche zu sein, sondern von ganz irdischen Dingen zu sprechen, aber er fürchtete, ihre Andacht zu stören. Er wollte ihr heute einen Saphir schenken. Er konnte so etwas von einem Stück in Gold gefassten Himmel sagen oder Ähnliches. Nun, das würde sich schon finden. Mit seinem Anzug war er jetzt fertig und ging hinaus.

Die Straßen waren leer. Bleich brannten die Gasflammen in der bleichen Winterdämmerung. Draußen in den Anlagen standen die weißen Bäume regungslos auf dem weißen Schnee, und der einzige Ton war dort das leise Knistern des Frostes, ein Knistern wie das an einer schweren Brokatdecke. Helmar blieb stehen und sah empor. Die Sterne waren sehr hell, und ihr Flackern und Blinzeln brachte ein wunderbares, reges, blankes Leben in diese Unermesslichkeit. Davon wollte Helmar sich ganz erfüllen. Es war so genussreich, sich da hineinzuversenken, sich gleichsam von der kosmischen Bewegung mit aufnehmen zu lassen. Es war, als öffnete sich hier auf der kleinen, etwas dunklen Erde weit ein Fenster, und er konnte Weltraumluft atmen, ja, sich fast als Weltkörper unter Weltkörpern fühlen; Helmar schauderte in sich zusammen. Die Weltraumluft war ein wenig kalt. Er schlug den Kragen auf und ging weiter. »Aber doch sehr angenehm«, dachte er, »solche kosmischen Augenblicke; schon deshalb, weil wir nach ihnen uns umso mehr auf das Allerirdischste, auf die Gegenwart eines schönen Weibes freuen.« Helene sprach auch immer so gern vom Weltraum, und sie hatte eine hübsche singende Art zu sagen: »Ach, Alderkaß, der Weltraum!« Noch vorigen Abend, als sie neben ihm am Fenster stand und zu den Sternen aufsah, stieß sie plötzlich das Fenster auf, hob die Arme empor, atmete tief und rief: »Ach, Alderkaß, spüren Sie es, spüren Sie es, wie das nach Sternen duftet?« Oh, eine wunderbare Frau, er freute sich heute recht auf sie.

»Die Frau Baronin ist im Boudoir«, meldete der Diener. Im Boudoir herrschte Dämmerung. »Nein, wir brauchen kein Licht, gehen Sie«, rief Helene dem Diener zu.

In dem unsicheren Schneelicht stand sie da, eine

weiße, sehr schlanke Gestalt. Sie reichte Helmar ihre kühlen Hände und sprach erregt, hastig, als eilte sie einem Ziele zu: »Nicht wahr, lieber Freund, so ist es besser, in der Dämmerung, besser auch für das, was ich Ihnen zu sagen habe, denn ich habe Ihnen etwas zu sagen. Kommen Sie, setzen Sie sich.«

Sie drückte sich in die dunkelste Ecke des Sofas, so dass Helmar sie kaum zu sehen vermochte.

»Nun«, sagte er, »was ist es? Heimlichkeiten? Die große Mystik wird ja heute vertraulich, wird zu hübschen kleinen Heimlichkeiten.«

»Ach ja«, meinte Helene, und es klang wie Ungeduld aus ihrer Stimme. »Kurt ist ausgegangen, er ist heute so geschäftig. Den ganzen Tag baut er bei verschlossenen Türen an Überraschungen für mich.«

»Der gute Kurt«, warf Helmar ein.

»Gewiss ist er gut«, fuhr Helene fort. »Das ist es ja, davon wollte ich sprechen. Ah, Alderkaß, unsere Freundschaft, unsere Liebe, ja, ich kann sagen Liebe, denn wir beide wissen, wie wir das Wort verstehen, war mir ein so hohes Glück, ein so heiliges Glück. Ja, aber, Ihnen kann ich das sagen, denn Sie verstehen alles, und was Sie verstehen, heben Sie so hoch empor. Aber sehen Sie, Kurt, der Arme leidet. Er versteht Sie nicht, er versteht uns nicht. Er ist eifersüchtig. Nein, nein, sagen Sie nichts, ich weiß, das klingt furchtbar hässlich. So etwas dürfte sich an

Sie nicht heranwagen, aber was kann ich tun? Der Schmerz dieses guten Menschen, mein Mitleid mit ihm, diese Eifersucht, das sind Dinge, die in unsere Freundschaft nicht hinein dürfen. Dazu ist sie mir zu heilig. Dazu sind Sie mir vor allem zu groß, und daher ist es wohl besser, ist es wohl würdiger, um seinetwillen, und ich habe es ihm versprochen – und vor allem um Ihretwillen.«

Ihre Stimme hatte im Sprechen ein ekstatisches Schwingen angenommen, etwas wie eine andächtige Melodie. Jetzt hielt sie inne, als suchte sie nach dem letzten, ausdrucksvollsten Ton. »Was haben Sie ihm versprochen?«, fragte Helmar. Er dämpfte seine Stimme, aber es klang doch trocken und gereizt.

»Sie sagten einmal«, fuhr Helene fort, »ach, das war so schön, damals verstand ich es nicht, jetzt verstehe ich es, Sie sagten: Im Opfer werden nicht die Götter, denen wir opfern, sondern wir, die Opfernden, verklärt. Das ist es, Alderkaß, was ich für Sie tun muss.«

Beide schwiegen eine Weile und sannen in die Dämmerung hinein. Nebenan hörten sie kurze geschäftige Schritte ab und zu gehen. »Was soll nun geschehen?«, fragte Helmar endlich leise. »Sie wissen es, lieber Freund«, erwiderte Helene ebenso leise. »Sie verstehen.«

»Ich verstehe, dass ich gehen soll«, sagte Helmar.

»Ja, Alderkaß, gehen Sie, gehen Sie Ihre hohen, schönen Wege weiter, ich muss in mein kleines, gewöhnliches Schicksal zurück.«

Draußen auf der Straße blinzelte Helmar zu den Sternen auf, aber keine kosmischen Gefühle wehten ihn an, er war ärgerlich. Also das Weihnachtsgeschenk für Kurt ist, dachte er, dass sie auf mich verzichtet. Dann ging er schnell vorwärts, er hatte Eile, zu Verena zu kommen und sich an ihrer andächtigen Liebe aufzurichten.

Bei Ebinghausens war es auch dämmerig, und hinter verschlossenen Türen hörte man geschäftig ab- und zugehende Schritte. Helmar fand Verena im kleinen Wohnzimmer einsam und müßig im Dunkeln sitzend.

»Ah, Alderkaß«, rief sie ihm entgegen mit ihrer hübschen tiefen Stimme, »auf Sie habe ich gewartet, kommen Sie, setzen Sie sich zu mir nieder.« – »Das will ich«, meinte Helmar, »so neben Ihnen zu sitzen, gerade das brauche ich jetzt, nur das.«

»Wie gut das ist«, fuhr Verena fort. »Licht lassen wir nicht anzünden, nicht wahr, schon weil … ich habe Ihnen nämlich etwas zu sagen, und Sie wissen, ich kann mir das dumme Erröten nicht abgewöhnen, und da ist es im Dunkeln besser.« Also hier muss auch etwas im Dunkeln gesagt werden, dachte Helmar, unangenehm berührt. Er bemühte sich jedoch, heiter zu sein. »Das wird Ihnen nichts helfen, liebe Freundin, ich höre es an Ihrer Stimme, wenn Sie erröten.«

Verena lachte, ein wunderlich erregtes, nervöses Lachen, das in einen tiefen Seufzer ausklang. »Ach, Alderkaß, wie schön wäre es, könnte es heute so wie immer sein, Sie sitzen neben mir und sprechen von den großen wundervollen Dingen, von denen nur Sie sprechen können, und ich höre zu und wundere mich darüber, dass ich Sie fast verstehe. Aber Sie wissen, in Familien passiert immer etwas, so Familienereignisse und so – ja – und so habe ich mich mit dem Vetter Alfred verlobt.« – »Oh, wirklich!«, stieß Helmar ein wenig heiser hervor, und er war zufrieden, dass es dunkel war, denn er fühlte, dass sein Gesicht sich wunderlich verzog.

»Ach, bitte, sagen Sie nichts«, versetzte Verena hastig, »ja, ich habe mich verlobt, die Eltern haben sich so darüber gefreut, und Alfred, der gute Junge, ist so glücklich.« – »Aber Sie, Sie, sind Sie glücklich?«, fragte Helmar, und es klang ordentlich böse.

»Ich? Ja natürlich bin ich glücklich«, erwiderte Verena langsam, und in ihrer Stimme klang ein leichtes Zittern, etwas wie ein feuchter, singender Ton. »Ich liebe doch Alfred. Man verlobt sich und man ist glücklich. Das ist doch immer so bei Familienereignissen.«

Helmar beugte sich nahe zu ihr hinüber: »Aber Sie weinen? Sie sollten nicht etwas tun, worüber Sie weinen müssen.«

Verena versuchte zu lachen, jenes rührende Lachen der Frauen, die ihre Tränen verleugnen wollen. »Ach, lassen Sie mich ein wenig weinen. Es ist dumm, aber vor Ihnen schäme ich mich nicht, Sie sind groß und klug, Sie verstehen alles. Als Kind, wenn wir im Gebirge waren und ich mit meiner Mutter im Tale spazieren ging, dann sah ich hoch oben über uns auf den Bergen Leute gehen, unendlich hoch, sie schienen zur Hälfte schon im Himmel zu stecken, und wenn ich das sah, fing ich an zu weinen. Ich weinte, weil ich nicht auch dort oben ging, aber hätte ich dort hinaufsollen, so hätte ich mich zu Tode geängstigt, denn ich leide furchtbar an Schwindel. Aber so ist es immer. Ich muss etwas so stark bewundern, dass mir ist, als müsste das Herz mir springen, und dann weine ich, vielleicht weil ich nicht auch so bin oder weil es mir nicht gehört.«

»Verena«, sagte Helmar, und seine Stimme verlor ihre gewohnte schöne Haltung, »Sie weinen, weil Sie dort hinaufgehören. Mein Gott, Kind, tun Sie nicht etwas, worüber Sie weinen müssen.«

Aber Verena sprach jetzt wieder ganz ruhig. »Nein, Alderkaß, ich bin glücklich, und vielleicht, weil ich verstanden habe, dass mein Glück gerade so ausschaut, habe ich ein bisschen geweint. Sie sagten einmal etwas Wunderschönes, wie war das noch?«

»Ach, was werde ich da doch gesagt haben«, warf Helmar müde ein. Er wünschte in diesem Augenblick, er hätte statt all seiner großen Worte etwas ganz Einfaches gesagt, etwas so Einfaches, wie Alfred, der gute dumme Junge, es gesagt haben musste.

»Doch, es war sehr schön«, fuhr Verena fort, »es war so schön, dass man ordentlich spürt, wie es einem zu Kopf steigt. Ich habe es in meinem Buch, in das ich alle Ihre Aussprüche hineinschreibe. Also, Sie sagten, erst wenn wir das Leben als Tragödie empfinden, hören wir die Harmonie heraus, denn sieghafte Harmonie … ja, sieghaft war es, also sieghafte Harmonie ist das Grundwesen jeder wahren Tragödie. War es nicht so?«

»Gott«, meinte Helmar verstimmt, »man sagt so etwas einmal, in einem besonderen Augenblick, in einer besonderen Stimmung hat das vielleicht einen Sinn, aber im nächsten Augenblick hat das wohl kaum einen Sinn mehr.«

»Nein, nein, Alderkaß«, rief Verena, »das dürfen Sie nicht sagen, bitte, sagen Sie das nicht, das ist immer und überall wahr und schön. Aber, nun habe ich gedacht, habe ich begriffen … ich bin gar keine Tragödie, ich bin nur so ein gewöhnliches, passendes Stück, in das junge Mädchen aus guter Familie hineingehen dürfen und in dem am Schluss sich alle verloben. Als mir das klar wurde, tat mir das ein wenig leid, tat mir das ein wenig weh, und ich habe etwas darüber geweint, aber das lässt sich nicht ändern. Alfred sagte vorigen Tag zu mir: Du kannst tun, was du willst, die Natur hat doch nur mich im Auge gehabt, als sie dich schuf. Nur mich, sagte der gute Junge. Er ist so bescheiden.«

Verena hielt inne. Helmar fühlte es wohl, dass er jetzt etwas sagen müsste, etwas Schönes und Bedeutendes, aber ihm fiel nichts, gar nichts ein. Ihn erfüllte nur ohnmächtiger Zorn gegen all die großen Worte, die er zwischen sich und diesem schönen Mädchen aufgetürmt hatte und die ihm den einfachen geraden Weg versperrten, den der gute Alfred gegangen war.

Jetzt beugte sich Verena nahe zu ihm heran, sie legte ihre Hand auf die seine, er fühlte die Wärme ihrer Nähe, das Schneelicht erweckte bleiche Funken auf den Diamanten in ihren Ohren.

»Alderkaß«, sagte sie weich, »aber Ihnen werde ich immer dankbar sein für alles, was Sie mir gegeben, und später in meinem kleinen gewöhnlichen Leben werden so andächtige Stunden kommen, in denen ich daran denken werde, in denen ich das Buch mit Ihren Aussprüchen lesen werde, und dann werde ich vielleicht wieder ein wenig weinen, wie damals als Kind unten im Tal, wenn die Leute über mir so sehr hoch auf den Bergen hingingen. So, und nun sagen Sie auch etwas Gutes und Freundliches.«

Was sollte er sagen? Er brachte es mühsam und gepresst zu etwas ganz Trivialem, wofür er sich selbst hätte schlagen mögen.

»Ich hoffe – ich wünsche, Fräulein Verena –, dass Sie recht glücklich sein möchten. Und jetzt, denke ich, muss ich gehen.«

»Ja, gehen Sie, mein Freund«, erwiderte Verena herzlich, »ich höre, Alfred ist gekommen, und so Familienereignisse und Verlobung und Weihnachtsbaum, das passt nicht zu Ihnen. Das ist zu eng, glaube ich.«

»Also, dann leben Sie wohl, Fräulein Verena.«

Helmar war aufgestanden und suchte im Dunkeln nach Verenas Hand. Da geschah das Wunderbare, dass sie seine Hand ergriff und sie einen Augenblick andächtig mit ihren heißen Lippen berührte.

»Verena, Kind, was tun Sie!«, rief Helmar.

»Lassen Sie mich, Alderkaß, das tut mir gut«, erwiderte Verena.

Dann war Helmar wieder draußen allein in der weißen Stille des Winterabends. Hinter ihm schnappte die Haustür ins Schloss. Diesen kurzen trockenen Ton hatte er heute schon einmal gehört, diesen Ton, der ihm ein spöttisches Ab! Ab! zuzurufen schien.

Unschlüssig machte er einige Schritte. Wohin sollte er gehen? »Deine hohen schönen Wege«, hatte Helene gesagt. Wo waren nur heute Abend diese hohen schönen Wege?

Langsam ging er die Straße hinab. Er wollte in die kleine Weinstube, dort würde es eng und warm sein, dort würde die blonde Marie ihn empfangen mit ihrem runden Dorfmädchengesicht und dem breiten, unumwundenen Lachen. Sie würde bei ihm am Tisch sitzen und von kleinen, friedlichen Dingen sprechen. Niemand würde dort Opfer bringen oder heroisch auf ihn verzichten. Keiner würde dort seine großen Worte zitieren. Das war es, wonach er sich jetzt sehnte; denn es fror ihn bis in die Seele hinein.

Die Weinstube war leer, Helmar war der einzige Gast. Nur eine Gasflamme brannte, der Raum war ein wenig überheizt, die Stühle und Tische, Gläser und Flaschen standen da, wie in einem Wohnzimmer, das eben für den Festtag geordnet worden ist. Die blonde Marie empfing ihn.

»Ach, der Herr Baron, wer hätte das gedacht.«

»Ja, Marie, ich komme zu Ihnen, ich habe gedacht, hier wird es am besten sein.«

»Ich weiß, ich weiß«, meinte Marie, »der Herr Baron liebt es, wenn es still um ihn ist und er ungestört nachdenken kann.«

»Ach, was«, sagte Helmar ärgerlich, »ich will gar nicht nachdenken. Bringen Sie den Wein und setzen Sie sich zu mir.«

Marie brachte den Wein, setzte sich, strich ihre Schürze glatt und sah Helmar mit den hübschen hellblauen Augen ein wenig schläfrig an.

»Erzählen Sie etwas, Marie«, sagte Helmar.

»Ich? Ach Gott, was kann ich einem so klugen Herrn erzählen.« Sie legte die Hand vor den Mund und gähnte diskret.

Helmar machte ein finsteres Gesicht: »Was sprechen Sie da? Übrigens habe ich hier etwas für Sie.«

Er zog den Saphir und den Opal aus der Tasche und schob sie dem Mädchen über den Tisch hin zu. Das runde Gesicht wurde über und über rosa. »Nein, Herr Baron, das ist zu schön, das ist zu viel, das muss ich ihm doch gleich zeigen.«

»Ihm?«, fragte Helmar.

»Ja, er ist gekommen, mich abholen, wir gehen gleich miteinander fort, Weihnachten feiern.«

»Ja so«, meinte Helmar nachdenklich, »wer ist er denn?«

»Er ist doch Schreiber bei der Rückversicherungsgesellschaft, ich will ihn doch gleich dem Herrn Baron vorstellen.« Sie lief zur Tür, öffnete sie und rief: »Oskar!« Ein langer, schmaler Jüngling im schwarzen Gehrock mit glattgebürstetem roten Haar erschien und verbeugte sich zeremoniell. »Das ist er«, sagte Marie. Sie lächelte dabei befangen und strich leicht mit der Hand über den Ärmel des schwarzen Gehrocks. »Ich habe ihm viel vom Herrn Baron erzählt. Aber jetzt müssen wir wohl gehen. Der Herr Baron will allein sein, will nachdenken, aber wir werden heute Abend noch viel von dem Herrn Baron sprechen. Ach ja, Herr Baron ist unser Ideal.«

Die hellblauen Augen schauten einen Augenblick andächtig zur Decke empor, dann nickte Marie Helmar zu, nahm Oskars Arm und beide gingen hinaus. Wieder schnappte eine Tür ins Schloss.

Helmar war wieder allein. Irgendwo hinter den verschlossenen Türen hörte er Kinderstimmen. Dort mochten sie wohl ihre Weihnachten feiern. Auf einem Stuhl am Ofen lag eine große, gelbe Katze und schnurrte gleichgültig vor sich hin. Ihr ging es vielleicht wie ihm, sie passte wohl auch nicht zu Familienereignissen und Weihnachtsfeiern. Trübselig goss er den Wein in sein Glas. »Ideal! – Ideal! Von dem ›ein Ideal sein‹ kann kein Mensch leben.«

MARIE VON EBNER-ESCHENBACH

Fräulein Susannens Weihnachtsabend

Fräulein Susette oder, wie sie sich lieber nennt, Susanne, spazierte am Weihnachtsabend munter in ihrem Zimmer hin und her. Sie hatte viele Leute beschenkt, versetzte sich nun im Geiste zu dem und jenem der angenehm Überraschten und befand sich da sehr behaglich. Ihre zu kleinen, aber flinken und geschickten Hände schlugen gleichsam den Takt zu der Freudenmusik in ihrem Innern, indem sie die beinernen Nadeln der Strickerei rasch und gleichmäßig klappern ließen.

Anderen Vergnügen machen, ist ein Vergnügen für jeden natürlich gearteten Menschen, dachte sie, für mich aber, die so spät dazu kam, ein berauschendes Glück. – Wenn einem die Eltern missraten sind, wenn man ein langes Dasein der freudlosen Pflichterfüllung, der Unterwürfigkeit und Entbehrung hinter sich hat und erwacht eines Morgens selbständig, frei, wohlhabend, gar nicht mehr jung, aber mit einem ungehobenen Schatz an Heiterkeit im Herzen, ist das nicht zum Übermütigwerden? Fräulein

Susanne wurde denn auch übermütig und machte ausschweifenden Gebrauch von ihrer Unabhängigkeit und von ihrem Reichtum.

Sie hatte viele Jahre mit ihrer begüterten, aber vom Geizteufel besessenen Großmutter in einer armen Leuten abgemieteten Dachkammer gelebt. Wie gelebt! Als geduldige und misshandelte Magd. Dennoch vergoss sie am Sterbebette ihrer Tyrannin ehrliche Tränen.

Nach dem Tode der alten Frau befand sich Susanne, deren einziges Enkelkind, an der Spitze eines nach ihren Begriffen großen Vermögens. Die Erbin bezog nun eine hübsche, aus drei Zimmern und einer Küche bestehende Wohnung im vierten Stock eines stattlichen Hauses in der Göttweihergasse. Sie nahm ein Dienstmädchen auf, ging oft spazieren und stieg, wenn sie müde wurde, in einen Stellwagen, ohne weiteres – wie eine Prinzessin.

Der Luxus jedoch, den sie am maßlosesten betrieb, war der Verschenkluxus. Ihm ergab sie sich immer, besonders aber um die gebenedeite Weihnachtszeit. Ein solcher Christabend, an dem Susanne auf und ab pendelte, in ihrer guten Stube – sorgfältig vermeidend, den Rand des kleinen, unter dem Tische liegenden Teppichs zu betreten, um ihn nicht abzunützen, und an alle die Menschen dachte, denen sie eine Freude bereitet hatte, ein solcher Christabend … niemand vermag seine stillen Entzückungen zu schildern. Susanne wusste nur eins: sich von den Hochgefühlen, die sie jetzt beseelen, immerwährend beseelt denken, und sie hat eine Vorstellung dessen, was himmlische Seligkeit ist.

Auf einmal blieb das Fräulein stehen und horchte. Durch die Wand, aus der Wohnung nebenan, war das Gekreische jubelnder Stimmen herübergedrungen. Haha, die Kunzelkinder! Nur zu! Dieser Jubel macht ihr kein geringes Vergnügen, denn sie ist dessen Urheberin. Sie hat den Christbaum gekauft und geschmückt, der jetzt solchen Beifallssturm erweckt. Ohne sie hätten die Nachbarn einen traurigen Weihnachtsabend gehabt. Sie war kürzlich dem Haupte der Familie, dem Herrn Kürschnermeister Kunzel, und seinem ältesten Sprössling, dem siebenjährigen Toni, auf der Treppe begegnet und hatte zu dem Kinde gesagt: »Nun, Toni, freust du dich auf den Christbaum?«, worauf der Junge seine kleinen, tiefliegenden Augen gesenkt, die Unterlippe vorgeschoben und etwas Unverständliches gemurmelt, der Kürschnermeister jedoch mit einer weit ausholenden Schwenkung des Hutes und ehrfürchtiger Verbeugung geantwortet hatte: »Ach nein, gnädiges Fräulein, heuer hält sich das Christkinderl bei uns nicht auf … Es wird … es hat …« Er stocke, fuhr langsam mit seiner breiten Hand über den Kopf und setzte verlegen hinzu: »Es muss sparen … auf eine neue Wiege – mit Zubehör … die alte tut's durchaus nicht mehr …«

»Mein Gott, das sechste, und ich habe schon das vierte und das fünfte aus der Taufe gehoben!«, sagte Susanne zu sich selbst, und zu Herrn Kunzel sagte sie nichts, sondern ging stumm und unaufhaltsam ihrer Wege, was sie später sehr bereute. Wenn man auch keineswegs gesonnen ist, bei Nummer sechs Taufpatenstelle zu vertreten, läuft man doch nicht mit unanständiger Eile davon, weil einem dessen bevorstehende Ankunft angezeigt wird.

Das Schlimme, ja das Abscheuliche dabei ist, dass Susanne um die Gunst, die sie eben in Gedanken verweigerte – nicht gebeten worden ist, sie vielmehr selbst angeboten und sogar nach der Geburt von Nummer fünf aufgedrungen, als sie gehört hatte: Die Kürschnersleute finden keine Taufpatin für ihre Jüngste.

Wie überrascht waren sie gewesen, da Susanne im Augenblick der größten Verlegenheit als rettender Engel erschien, aber auch, wie ehrlich beschämt! Der Mann ganz rot und die Frau ganz blass, hatten zuerst an das großmütige Anerbieten kaum glauben können. Sie hatten einander bestürzt angesehen und gemurmelt: »Nein, Mutter … das wäre zu viel.« – »Nein, Vater, das gibt's nicht …«

Und einmal wieder hatte Susanne, was »zu viel« ist und »was es nicht gibt«, getan und einmal wieder in den auserlesensten Hochgefühlen geschwelgt und sich in eine neue Gelegenheit zu fortwährenden Opfern hineingestürzt mit Mucius Scävolaischer Begeisterung.

Das der wirkliche Sachverhalt, bei dem sich die Noblesse des braven Ehepaares so deutlich geoffenbart, und aus dem Susanne so wenig gelernt hatte, dass sie entfloh wie vor einer Gefahr, vor der Aussicht auf ein neues Kunzelchen.

»Welche Abgründe im Menschenherzen, sogar in einem ganz leidlichen!«, klagte sie. »Stille, schwarze Wässerchen, verborgene Miserabilitätsadern in einem scheinbar gesunden Organismus.«

Susanne hatte viel gelitten durch die Erinnerung an ihr schnödes Benehmen gegen Herrn Kunzel, und das Gejauchze seiner Kinder, das sie jetzt vernahm, wirkte unsagbar heilend auf ihre Seelenwunden. Gar lebhaft und innig regte sich in dem Fräulein der Wunsch, ein bisschen hinüberzugehen zu den guten Leutchen, um persönlich an ihrer Freude teilzunehmen. Aber der Respekt der Einsamen vor der Familie, die man an einem Tage, wie der heutige, in ihrem friedlichen Beisammensein nicht stören darf, hielt sie davon ab, und so fuhr sie fort, ihre Besuche vergnügt in Gedanken abzustatten.

Sie flog in die Brigittenau zu ihrer Wäscherin und von da zu dem Buchbinder Hasse in Lerchenfeld und von Lerchenfeld in die Kumpfgasse zur alten Blumenresel, zu lauter wackeren, schwer ringenden Menschen, die heute aufatmen – Susanne hat sie von ihren drückenden Sorgen befreit. Von der Kumpfgasse begibt sich das Fräulein nach der Freyung, sie tut es ein wenig zögernd.

Ach – es kann nicht anders sein! ... Wenn sie von Leuten kommt, die sich eine Ehre aus ihr machen – jetzt naht sie einer Wohnung, die auch nur im Geiste zu betreten eitel Ehre für sie ist, denn in dieser Wohnung residiert ihr Vetter Josef, der Herr Hofrat. Ein Pracht- und Mustermensch, der Vetter Hofrat, angebetet von seinen Untergebenen, hoch geschätzt von seinen Vorgesetzten, ein Beamter mit großer Zukunft. Und was für ein Ehemann!

Die Ritterlichkeit, die Liebe selbst. Verehrter Josef! ... Ja, was für ein Ehemann! Was für ein Vater und – Susanne darf sagen – was für ein Vetter!

Musterhaft schon von jeher, hatte Josef aus reinem Pflichtgefühl die Großtante manchmal in ihrer Dachkammer besucht und auf Susanne einen Eindruck gemacht, dessen Tiefe sie erst ermaß, als sie hörte: Der Vetter heiratet ein schönes, sehr reiches Fräulein.

Sie erschrak tödlich über diese Nachricht und

dann über ihr Erschrecken. Hatte sie denn auf ihn gehofft, den Hohen, Einzigen? – Niemals! Mit Seelenstärke überwand sie ihren unberechtigten Schmerz; sie begeisterte sich sogar für die Frau ihres Herrn Vetters und fuhr fort, ihn zu bewundern. Seine glänzende Heirat machte ihn nicht hochmütig, er blieb immer gleich huldvoll gegen die arme Susanne.

In ihren schwersten Tagen – nie wird sie es ihm vergessen –, wenn sie ihn auf der Straße traf und wegen ihres in der Auflösung begriffenen Fähnchens und ihres ärmlichen, alten Umhängetuches vor Beschämung am liebsten zu einem Schatten auf dem Trottoir zerflossen wäre – hatte er sie nie verleugnet. Im Gegenteil, er hatte sie immer gar freundlich gegrüßt mit zwei Fingern der schwedisch behandschuhten Rechten, die er eigens zu diesem Zwecke, sogar im Winter, aus der Tasche des kostbaren Paletots gezogen; manchmal auch: »Gut'n Morgen, Sette«, dazu gesagt …

»Gut'n Morgen, Sette!« … Wie lange, wie süß hatte es immer in ihr nachgehallt und sie mit einem Klange umschmeichelt, für den sie nur *eine* richtige Bezeichnung fand – einem balsamischen Klange.

Jetzt, zu Geld und Gut gekommen, zeigte Susanne sich dankbar, indem sie jede Gelegenheit ergriff, ihrem Vetter oder einem der Seinen eine Aufmerksamkeit zu erweisen, und mit den Christgeschenken trieb sie es großmütiger von Jahr zu Jahr. Ihr Budget wurde dadurch sehr beschwert – aber ihre Seele bekam Flügel.

Und – noch mehr …

Mit den Wonnen des heutigen Tages erschöpfte das Glück sich noch nicht. Es brachte eine Fortsetzung – einen unaussprechlich lieben Besuch. Morgen, Susanne darf darauf rechnen, nach der heiligen Messe, wird der Vetter weihrauchduftend erscheinen, in Begleitung seiner imponierend schönen Frau, seines lieben fünfzehnjährigen Sohnes und seiner kleinen Tochter. Sein mächtiges, glattrasiertes Gesicht wird von dem Lichte würdevollen Wohlwollens erhellt sein, und er wird sagen: »Wirklich, Sette, zu viel, wir bitten …«

Die schöne Base jedoch wird ihm ins Wort fallen – spöttisch lachend, wie sie pflegt, wahrscheinlich, weil es ihr so reizend steht: »Nein, wie die gute Susette nur jedes Mal errät, was wir uns am meisten wünschen! Wie sie das nur anfängt, die gute Susette!«

Eine große Verwirrung wird sich des Fräuleins bemächtigen. Sollte die Kammerjungfer das geheime Einverständnis, in dem sie sich befinden, verraten haben? – Aber nein, das wäre zu schlecht, solche Schlechtigkeit kann nicht vorkommen in der Nähe *dieser* Menschen. Damit wird sie sich trösten; es werden noch einige Reden gewechselt werden, dann wird Josef aufstehen und sprechen: »Wir sind auch gekommen, um dir glückliche Feiertage und ein glückliches neues Jahr zu wünschen, Sette. Kinder, gratuliert der Tante!«

Die wohlerzogenen, artigen Kinder werden sogleich die Absicht an den Tag legen, ihr die Hände zu küssen, was sie natürlich nicht zugeben wird. Und die schöne Cousine wird – abermals mit ihrem reizend spöttischen Lächeln, ihre Wange der Wange Susannens bis auf einen Zentimeter nähern und dabei die Luft küssen … Und dann werden sie gehen, und Susanne wird sie bis an die Haustür begleiten, ins Zimmer zurückeilen, die Arme ausbreiten und rufen: »Sie waren da! Sie waren da!«, und Rosi, die verdienstvolle Magd, wird ihre Zustimmung kundgeben.

»No jo. Dos sind holt Herrschoften. Do hobn's Fräulein auch amol an B'such von Herrschoften kriegt und nit immer nur von so Leut, die wos wolln. No joh!«

Ach, der Vorgenuss und der Nachgenuss, das sind die rechten. Der Augenblick selbst hat etwas Überwältigendes … Schon das gewisse Würgen im Halse, das sich einstellt, wenn um zwölf die Glocke ertönt …

Hilf, Gott! Just als sie es denkt, da läutet's. Was

bedeutet das? Wem kann es nur einfallen, daherzukommen am Weihnachtsabend? Rosi erwartet allerdings ihre Schwestern, aber die klingeln nicht, die klopfen.

Etwas Unheimliches ist's zum Glücke nicht, das Fräulein hört ihre Dienerin auf dem Gange sehr heiter sprechen, und nun tritt die schmunzelnd ein und sagt:

»Eine Visit soll ich anmelden. Noh, Tonerl, is g'fällig?«

Es ist gefällig; der Angerufene, Toni Kunzel, erscheint. Mit ernster, geschäftsmäßiger Miene, den großen, lichtblonden Kopf vorgebeugt, kommt er daher, nähert sich dem Tische und legt drei Pakete von verschiedener Größe auf ihn hin. Zu grüßen hat er vergessen vor lauter Wichtigkeit. Er wickelt das Mitgebrachte schweigend aus den vielen, nicht eben blanken Papieren, in die es eingehüllt ist, knüllt jedes extra zusammen und steckt es in die rückwärtige Tasche seines grünen Jäckchens, das zuletzt wegragt wie ein Pfauenschwanz.

Nach und nach sind zum Vorschein gekommen: eine vergoldete Nuss, ein roter Apfel und ein lebzeltener Husar, mit einem von kleinen Zähnen etwas angenagten Federbusch. Toni legt alles schön nebeneinander, ändert die Reihenfolge einige Mal, bis sie ihm recht ist und der Husar zuerst und die

Nuss zuletzt kommt. Dann fährt er mit dem Rücken der Hand an dieser Darbringung, sie gleichsam unterstreichend, vorbei und sagt: »So Fräul'n. Nimm Sie sich das. Weil heute Christabend is. Dass Sie auch was hat«, und sieht sie dabei so kapabel und überlegen an, aus unsagbar treuherzigen und unschuldigen Augen, und wartet siegessicher auf die Äußerung des Beifalls, den seine Großmut erwecken muss.

»O du, Toni!«, will Susanne ausrufen, aber mitten im Satz kippt ihre Stimme um; es schießt ihr heiß in die Augen, und ihr Näschen rötet sich. Sie nimmt den edlen Spender beim Kopf und drückt einen Kuss auf seinen Scheitel, und Toni, offenbar ungemein geschmeichelt und gerührt, packt ihre kleine Rechte und küsst sie zärtlich. Dann lässt er noch eine Anpreisung und Gebrauchsanweisung seiner Gaben folgen: »'s alles gut. Alles vom Christkindel. Sie kann alles essen, auch die Nuss. Aber schad wär's halt.«

Damit empfiehlt er sich.

Das Fräulein ist wieder allein. Süße, schöner denn je belebte Einsamkeit! ... »O du, Toni!« und: »Nein, das Kind!«, sagt sie unzählig Mal. Da hat sie nun die erste Christbescherung erhalten in ihrem ganzen Leben, und das macht ihr einen Eindruck ... sie wird ganz töricht, als sie sich Rechenschaft von ihm geben will … Es ist ein himmelblauer Eindruck, meint sie und lacht und strickt dazu. Himmelblau mit goldenen Sternchen, und stellenweise, wo er durchsichtig wird, guckt ein wehmütig grauer Hintergrund heraus. Musik ist auch dabei, die Sternchen klingen. Ein wenig verrückt diese Idee … sei's darum! Nach einem außerordentlichen Ereignis hat man eben andre als Werkeltagsgedanken – und was fährt Susannen nicht alles durch den Kopf! Viel angenehmer Unsinn, an den sie beileibe nicht glaubt, den sie sich aber doch vorspiegeln lässt von Dame Phantasie, weil die heute so gut bei Laune ist. Wenn ein Kind das Herzensbedürfnis empfand, dich zu beschenken, spricht die alte, ewig junge Faslerin, warum sollten nicht auch Erwachsene es empfinden? Warte nur, was heute noch alles kommt!

Susanne überlegt: Was sollte kommen? Wer sollte mir etwas schenken? Der es tun könnte, der Vetter, ein Familienvater, hat andere Sorgen – und meine übrigen Bekannten sind arme Leute.

Das macht nichts, auch die können geben. Die Blumenresel zum Beispiel, die gerade jetzt, dank deiner Verwendung, dreißig Jubiläumssträuße in der Singerstraße abzuliefern hat, könnte wohl im Vorübergehen eine schöne, frische Rose für dich abgeben. Sie brauchte sich deiner nur zu erinnern, wie der kleine Toni sich deiner erinnert hat … Und der

Buchbinder Hasse in Lerchenfeld, für den du den Mietzins erlegtest und der aus Abschnitzeln so allerliebste Notizbüchelchen macht. Ein Dutzend davon hast du ihm abgenommen und gleich verschenkt bis auf eines, das du, kindische, alte Person gar zu gern selbst behalten hättest, das rehbraune mit dem vierblättrigen Klee. Du überwandest diese Regung des Geizes, denn Rosi lechzte ja förmlich nach dem Büchlein, im Interesse ihres Liebhabers, ohne Zweifel. Wenn nun dem guten Hasse einfiele, was dem Kunzel-Toni eingefallen ist, dass auch du am Christabend etwas haben sollst, wenn der Meister ein solches Büchlein brächte oder schickte durch die Post... Es wäre noch Zeit, eben schlägt's sieben, da kommt der Briefträger ins Haus...

Kling! Kling! O Tag der Wunder! Werden Hirngespinste zu Erlebnissen?

Es hat wieder geläutet: Rosi geht die Haustür öffnen und schreit so laut auf, dass man's deutlich bis ins Zimmer hört: »Jo wos denn? No, so wos...« Und schon wirbelt sie herein, und ihr auf dem Fuße folgt ein Kommissionär, dessen Gesicht gerötet und dessen Gang etwas schwankend ist. Er trägt ein mit winzigen Kerzen bestecktes, mit dem feinsten Konfekt behangenes Christbäumchen.

Susanne starrt und starrt und bringt keine Silbe über die Lippen. Umso beredter ist Rosi, die spricht ohne Aufhören: »Von der Freyung Nummer sechzehn is er geschickt, sogt er. No joh, vom Herrn Vetter, und i sog's holt – die Herrschoften … 's is lang nix kommen, ober wenn emol wos kommt, kommt wos rechts. Do stellen S' es her auf'n Tisch, 's Christbäumerl.«

Merkwürdigerweise zögert der Kommissionär, er sieht sowohl Rosi wie Susanne betroffen an und sagt, er habe den Auftrag, das Präsent dem Fräulein persönlich zu übergeben. Die Versicherung Rosis, das Fräulein stehe vor ihm, will ihm nicht einleuchten. Fräulein Rainer mit einem A sei ihm gesagt worden.

»Reiner mit E«, berichtigt Susanne, und er wiederholt:

»Mit E?«, und stellt das Bäumchen auf den Tisch, um in seiner Tasche nach dem Adresszettel zu suchen, den ihm sein Auftraggeber eingehändigt hat. Rosis Geduld jedoch ist erschöpft. Sie nimmt den Mann bei den Schultern und schiebt ihn mit kräftigen Armen aus dem Zimmer. Der Angetrunkene sucht Widerstand zu leisten, es ist aber vergeblich. »Gib ihm einen Gulden!«, ruft Susanne ihrer Dienerin nach, und das kommt mit einem Jauchzen heraus, glückseliger als das der Kunzel-Kinder. Die Jugend ist die Zeit der Freude, sagen die Leute. Irrtum! Irrtum! Alt muss man sein und eine Freude kaum noch erwartet haben, um sie zu begrüßen, wenn sie erscheint, wie Frühlingsodem an einem Wintertag.

Unwillkürlich hat Susanne vor dem Bäumchen die Hände gefaltet. Ich lasse einen Glassturz darüber machen, beschließt sie, an meinem Sterbebette soll es stehen. Mein letzter Blick soll darauf fallen und Gott danken, dass er seine Menschen so gut gegen mich sein ließ.

Wie Susanne das Bäumchen immer aufmerksamer betrachtet, entdeckt sie halb verborgen im Moose, das den zierlichen Stamm umgibt, ein Päckchen in schneeweißem Papier. Sie entfaltet es: sein Inhalt besteht in einem mit rosafarbigem Atlas überzogenen Etui. Auf dem Deckel ist ein Papierstreifen angestreckt, der eine in der mikroskopischen Schrift des Vetters ausgeführte Widmung trägt. Sie lautet:

Es zeigt dir dieser Stein hier
Was immer ist ohne Dir:
Dein Seppel.

Ohne »Dir« und – »Seppel« O verehrter Josef! – Nun, ein Scherz, aber, Susanne kann sich nicht helfen, er hat etwas Verletzendes für sie, und geradezu von Schwindel wird sie ergriffen, als sie das Etui öffnet und … Gott! Was blickt und blitzt ihr entgegen in allen Farben des Regenbogens? Ein wundervoll gefasster Solitär …

Wahrlich, das übersteigt das Maß, innerhalb dessen eine freudige Überraschung noch angenehm ist, das geht in das Gebiet des beunruhigend Unbegreiflichen über.

Am liebsten würde Susanne die Widmung von dem Etui herabnehmen und dieses, sorgfältig verpackt, sogleich mit einigen dankend ablehnenden Zeilen an den Vetter zurückschicken. Doch fürchtet sie, ihn dadurch zu verletzen und beschließt, die delikate Angelegenheit morgen mündlich abzumachen. Halb im Scherz, halb im Ernst wird sie den Vetter fragen, ob er sie für eine Person hält, die man ohne weiteres grausam beschämen darf? Und den Solitär an das Herz legen, an dem er seine Heimstätte zu suchen und zu finden hat, das Herz der Gemahlin.

Susanne hat sich in Gedanken alles zurechtgelegt, aber schlafen wird sie heute kaum. Die Sorge um den wertvollen Schmuckgegenstand, den sie gegen ihren Willen in Verwahrung hat, wird ihr die Ruhe rauben. Noch ist sie unentschieden, in welchem ihrer Schränke sie ihn bergen soll, als derbe Schritte das Nahen Rosis anzeigen und Susanne nichts übrigbleibt, als das Päckchen einstweilen wieder im Moose zu verstecken. Mit einem brennenden Wachsstock in der Hand tritt die Magd ein, ist sehr unwirsch und brummt: »Nit zum Wegbringen der Mensch. Betrunken wie a Kanon am heiligen Obend. Steht noch auf der Stieg'n und studiert sei schmierige Adress. Nummer fünf heißt's, sogt er. Nummer drei heißt's, sog i, kennen S' nit lesen?«

»Nummer fünf?«, fragt das Fräulein beunruhigt. »Lieb Rosi, wenn es wirklich fünf hieße und nicht drei?« Ihr Bedenken wird mit einer Überlegenheit belächelt, die ihr wohltut; dabei zündet die Magd Kerzlein um Kerzlein an. Das reich geputzte Bäumchen erstrahlt in magischem Glanze, und dieser Glanz dringt in alle Seelentiefen Susannens und leuchtet jeden Zweifel, jede leise auftauchende Sorge hinaus.

Sie ist völlig verzückt. Ihr gutes, kleines Mopsgesicht gewinnt einen Ausdruck rührend reiner Freude, und sie sagt glückselig bewegt: »Mein erster Christbaum, Rosi, mein erster Christbaum, Ro-«

Die zweite Silbe bleibt ihr in der Kehle stecken... Es hat wieder geläutet, hastig, ja wild. Susannens Augen richten sich erschrocken auf ihre Magd. Die jedoch ist ganz übermütig: »Heute geht's ober zu. Jo, jo! Vielleicht schickt Seine Majestät der Kaiser wos.«

Sie enteilt, um die Tür aufzureißen vor der neuen Überraschung, und eine Überraschung ist's, aber was für eine!

Draußen lässt das Drohen und Fluchen einer rauhen Männerstimme sich vernehmen. Ohne anzuklopfen, ohne die Mütze zu rücken, poltert der Kommissionär ins Zimmer, schimpft fürchterlich, als er die angezündeten Kerzen am Christbaum erblickt, bläst gleich drei, vier auf einmal aus und fährt Rosi, die ihm auf dem Fuße gefolgt ist, grob an. Er hat es ja gesagt, hinüber auf Nummer fünf gehört das Bäumerl, zur Rainer mit A, und nicht zu einer alten Schachtel mit E. Den Guldenzettel, den sie ihm gespendet hat, wirft er auf den Tisch. Da hat sie, was ihr gehört, und jetzt hofft er nur, dass ihm nichts weggekommen ist, sonst – den Weg zur Polizei kennt er, den braucht ihm niemand zu weisen.

Kurz, nachdem er sich benommen wie in einer Diebeshöhle, nimmt er das Bäumchen unter den Arm, trampelt davon und schlägt hinter sich die Tür zu, dass alles dröhnt.

Susanne ließ sich auf einen Sessel, nicht wie sie sonst pflegte aus Rücksicht für den Überzug, *niedergleiten*, sondern *niederfallen*, Rosi stand vor ihr, nahm einen Zipfel der blanken Schürze und steckte ihn in den Gürtel. Ihre Augen funkelten vor Entrüstung, ihre Lippen wurden dick und scharlachrot. Sie kreuzte die nackten Arme und sprach erregt:

»No, dos is aber doch!«

Das Fräulein hat indessen ein stilles Gebet verrichtet:

Lieber Gott, gib mir Kraft vor diesem braven, aber der feinen Politur ermangelnden Mädchen, die Würde des Familienlebens meines verirrten Vetters zu wahren. Gib mir Kraft, ich brauche sie; ich glaube, ich habe keinen Puls, und meine Füße sind ganz steif. Wie mir jetzt ist, so dürfte es der Erde sein, wenn sie dereinst in die Eisperiode tritt. Oh, meine Sonne, mein Prachtmenschenexemplar – wie siehst du aus!

»Die Rainer«, nimmt Rosi wieder das Wort, »dos is die Lokalsängerin, wo neulich so viel in der Zeitung g'standen is. Doss die daneben wohnt, weiß freilich die ganze Straß'n. Doss aber der Herr Vetter zu der ihrer Bekonntschaft g'hört, hätt i mer net denkt. Hot so e scheene Frau und lauft der schiechen Astel nach.«

Susannes Zähne klappern aneinander, die Zunge klebt ihr am Gaumen, doch gelingt es ihr, dank ihrer heroischen Anstrengung, in ziemlich natürlichem Tone zu sagen: »Ja, meine liebe Rosi, die Rainer ist eben eine große Künstlerin.«

»So? Und drum schickt er ihr wos zu Weihnachten, und vielleicht gar hinterm Rücken der gnädigen Frau?«

»Liebe Rosi«, erwidert Susanne zurechtweisend und verleugnet ihre Wahrheitsliebe, um die Familienehre zu schützen, »dieses Geschenk, es wird von ihm und von ihr sein. Es ist so Sitte bei den Herrschaften, dass sie großen Künstlerinnen zu passenden Gelegenheiten Blumen schicken oder – Christbäume.«

»Meinen S' Fräul'n? – No jo!«, spricht Rosi mit ihrem gewohnten überlegenen Lächeln und geht, das Abendessen anzurichten, das heute aus Fisch und Gugelhupf besteht. Dazu braucht sie einen großen Punsch für sich und ihre Schwestern.

Es geschieht ohne Wissen der Gebieterin, die nicht ahnen darf, dass in ihrem Hause Spirituosen, diese Mörder der Intelligenz, genossen werden.

Während der kleine Betrug an ihr verübt wird, bleibt Susanne ihren traurigen Betrachtungen überlassen.

Solitär, wenn er nicht bei Fräulein Rainer ist! Ein Ehegatte und Familienvater? – »Ohne *Dir* …« Sie sind also auf dem Du-Fuße – »Ohne *Dir*«, schauderhaft. Wenn er noch gesagt hätte: »Ohne Dich!« – Gott, wie sinkt man sofort in jeder Hinsicht, wenn man in einer das Gleichgewicht verloren hat.

Tief bekümmert fragt sich Susanne, ob sie dem ahnungslosen Vetter, hinter dessen tiefstes Geheimnis sie gekommen ist, je wieder unter die Augen wird treten können und gar seiner betrogenen Gattin und seinen armen Kindern, deren Vater, statt für sie zu sparen, Solitäre kauft für Fräulein Rainer.

Zu Tode schämen muss sie sich vor ihnen allen ... sie, die Mitwisserin einer großen Schuld. Es wird ihr aufs Herz fallen, verdammende Stimmen werden ihr zurufen: Mitwisserin! – Ach, gar zu gerne hätte sie sich den morgigen Besuch, vor dem sie schaudert, erspart, sich krank melden, sich entschuldigen lassen. Doch nein! Sie hat leider schon gelogen am Heiligen Abend, sie wird nicht wieder lügen am heiligen Tage. Durch!, sagt sie mit Strafford, mitten durch die gehäuften Trümmer ihres schönsten Wahngebildes.

Nun sitzt sie da, die Hände im Schoße, wie sie nicht mehr gesessen, seitdem sie Totenwache gehalten hat an der Bahre ihrer Großmutter.

Rosi lässt sich wieder sehen, deckt den Tisch, stellt mit berechtigtem Stolze das Abendbrot auf und wünscht guten Appetit. Sie wird beurlaubt und kehrt zu ihren eben eingetroffenen Schwestern zurück.

In der Küche geht es munter zu. Man schmaust, man plaudert, man findet des Kicherns kein Ende. Susanne nickt zustimmend mit dem Kopfe, sofort sie Lachen hört: »Freut euch des Lebens, ihr Armen, euch glüht ja noch das Lämpchen des Glaubens an die Menschen«, sagt sie leise und würgt einige Stückchen Fisch hinunter.

Sie tut es nur, um Rosi, wenn die am nächsten Tag fragen sollte: »Hat's g'schmeckt?«, erwidern zu können: »Es war so gut, dass ich nicht alles auf einmal verspeisen wollte und mir etwas aufgehoben habe für heute.« – Ach Gott ja, morgen ist wieder ein Heute und übermorgen auch, und so geht es fort und dürfte noch lange fortgehen, denn Susanne hat eine eiserne Gesundheit. Vor ihr liegt ein weiter, ein einsamer Weg. Die Menschen, denen sie Gutes tut, was ist sie ihnen? Eine unermesslich reiche Person, die einen Teil ihres Überflusses dazu verwendet, sie aus drückender Not zu befreien. Mit der Erinnerung an diese schwindet auch die Erinnerung an die Befreierin.

Stunden verfließen. Im Hause ist alles still geworden. Das Fräulein geht sich überzeugen, ob die Wohnungstür versperrt und verriegelt und die Sicherheitskette vorgelegt ist. Jawohl, so müde und schläfrig Rosi gewesen sein mag, sie hat alles in Ordnung gebracht, ehe sie zur Ruhe ging. Brave Person! Eine brave Dienerin zu haben ist ein Glück, das ein einzelnstehendes weibliches Wesen nicht hoch genug schätzen kann. Als Susanne in ihrem Schlafzimmer niederkniet zum Abendgebet, dankt sie dem Himmel ganz besonders für diese Gnade; sie betet überhaupt sehr lange, gibt immer wieder ein'ge Vaterunser zu für einen vom rechten Wege weit Abgeirrten.

Endlich legt sie sich zu Bette und will schlafen. Aber der Wille gebietet dem Schlaf nicht, verscheucht ihn im Gegenteil durch energisches Herbeirufen. Schweige denn, Wille, weichet hinweg, Gedanken! Ein tiefer, gesunder Schlaf wird Susannen heute schwerlich erquicken, doch vielleicht gelingt es ihr, in einen ihre Traurigkeit abstumpfenden Dusel zu kommen. So dämmert sie in der Finsternis, die rings um sie, die in ihr herrscht, schließt die Augen und rührt sich nicht.

Nach einer Weile, was sieht sie mit ihren geschlossenen Augen? Gerade vor sich das Erklimmen eines schwachen Lichtscheins. Er wird immer heller und geht von einer vergoldeten Nuss aus, die langsam über den Rand des Bettes aufsteigt, wie ein kleinwinziger Mond. Das Licht, das er verbreitet, ist warm wie das Leben und rosig wie die junge Liebe. Allmählich nimmt er eine noch schönere Färbung an, und darüber braucht man sich nicht zu wundern, denn die Morgenröte ist dazugekommen, eine herrlich strahlende Morgenröte, die das Nahen der Sonne verkündet, und da flammt sie auch schon empor in Gestalt eines feuerfarbigen Apfels. Als Herold, mit etwas defektem Federbusch, sprengt ein gelber Reiter vor ihr her. Er gibt seinem Rosse die Sporen, ein mächtiger Satz, und da steht er salutierend auf dem Federbette des Fräuleins.

Sie fährt auf, schlägt sich vor die Stirn, hat im Nu Licht gemacht, schlüpft in ihre Pantoffelchen und eilt ins Nebenzimmer.

Da liegt auf dem Tische vergessen ihre Christbescherung, der sichtbare Beweis, dass es doch ein Wesen gibt, das sich ihrer am Heiligen Abende erinnert und das – *selbst* ein Kind, die Geschenke des Christkindleins mit ihr geteilt hat.

Dieses wunderbare Ereignis ist ihr aufgespart worden, ihr, der alten Jungfer, die gar keinen Anspruch machen darf auf die Liebe von Kindern. Kürzlich erst hat sie ein solches Glück erfahren, und statt sich seiner innigst zu freuen, setzt sie sich hin, die undankbare Kröte, und melancholisiert und überlässt sich feigem Selbstbedauern!

Beschämt und reuig, aber mit einer sozusagen wonnegetränkten Seele ergriff Susanne ihren Husaren, ihren Apfel, ihre Nuss und begab sich zurück ins Schlafgemach. Bevor sie ihr Lager wieder aufsuchte, legte sie die Geschenke Tonis auf das Nachtkästchen in derselben Reihenfolge, die er ihnen mit Ordnungssinn und feinem Gefühle für Rangunterschiede angewiesen hatte.

Sie blieb hellmunter und überließ sich heiteren Vorstellungen, deren Mittelpunkt Toni bildete.

Was für treuherzige Augen er hat, und *treuherzig* ist er und *warmherzig* dazu, das sprach sich gar deutlich in seinem Handkuss aus. Welch ein Unterschied zwischen diesem und den Quasi-Handküssen des höflichen Neffen und der zierlichen Nichte. Susanne erinnert sich vieler kleiner Züge, die ihr im Benehmen Tonis angenehm aufgefallen sind; des Ernstes, den sie so oft an ihm bewundert hat, des Buckels voll Sorgen, den er macht, wenn ihm die Obhut über seine jüngeren Geschwister anvertraut wird. Er nimmt seinen Teil der häuslichen Sorgenlast auf seine jungen Schultern. Und brav ist er und verlässlich und hat noch nie vergessen, einen Auftrag, den das Fräulein ihm gab, zu bestellen.

Zum Pfadfinder und Genie scheint Toni – wohl ihm! – keine Anlage zu haben, aber ein vortrefflicher Mann, geschickt in seinem Fache, ein Muster für seine Standesgenossen, die Vorsehung seiner Gehilfen könnte er werden, wenn er eine tüchtige Erziehung, wenn er Bildung bekäme, die echte, die von innen heraus kommt, den Wert des Menschen erhöht und den Stolz auf seinen Wert verringert.

Wenn er die bekommen *könnte*?, fragt Susanne und ruft auf einmal laut: »Er soll sie bekommen!«

Ein Gedanke über alle Gedanken ist raketenartig in ihr emporgeschossen; sie setzt sich auf in ihrem Bette, sie lacht und weint. Es vergeht eine lange Zeit, bevor die hochgehenden Fluten ihrer Empfindungen sanft und selig verebben. Endlich liegt ihr

Kopf wieder auf dem Kissen, sie atmet leicht und wird gut schlafen.

Vorher aber komme noch einmal, Freundin Phantasie, und male die ihr am morgigen Tage bevorstehenden Ereignisse deutlich aus.

Sie sieht sich, schon um acht Uhr früh, in größter Parade und mit der Spitzencoiffe, federnden Ganges hinüberwandeln zu den Nachbarn Kunzel. Die Bedienerin lässt sie ein, und sie findet die Familie, wie immer zu dieser Stunde an einem Feiertage, um den Frühstückstisch versammelt.

Beim Eintreten des verehrten und unerwarteten Gastes springen alle auf. Sie aber spricht: »Sitzen bleiben! Ich allein stehe, wie sich's gehört für eine Bittende. Lieber Meister, liebe Meisterin, erlauben Sie mir, den Toni zu adoptieren. Er bleibt Ihr Sohn und wird auch der meine, und im nächsten Jahre nehme ich als Familienmitglied teil an Ihrem Weihnachtsfeste.«

KARL VALENTIN

Das Christbaumbrettl

Arme kleine Leute wollen sechs Monate nach Weihnachten das Fest nachfeiern. Das Bühnenbild zeigt ihre armselige Stube, man erblickt durch das große Fenster in der Mitte die herrliche Aussicht auf eine Frühlingslandschaft mit blühenden Bäumen. In buntem Durcheinander steht der Hausrat umher…

Dass ein Festtag ist, erkennt man an der lecker aussehenden Schaumtorte, die auf einem Stuhl neben dem Kleiderschrank steht. Die Abenddämmerung fällt allmählich ein. Ehe sich der Vorhang gehoben hat, hört man das Grammophon »O du fröhliche, o du selige, gnadenbringende Weihnachtszeit« spielen.

DIE MUTTER *(Liesl Karlstadt)* Wo nur mein Mann so lange bleibt? Mein guter Mann – diesen langweiligen Uhu habe ich heute auf den Viktualienmarkt geschickt, dass er ein Christbäumchen heimbringt für die kleinen Kinder, und nun kommt er so lange nicht heim. Ich glaub, dass er gar nimmer heimfindet, der alte Depp. Es wird ihm wohl nichts passiert sein. Es ist schon so spät …

DER VATER *(Karl Valentin) kommt mit dem Christbaum herein.*

DIE MUTTER Das ist recht – da hast ja 's Bäumerl, ah der is nett – wunderschön.

DER VATER No ja, kindisch ist er halt.

DIE MUTTER Er gehört ja auch nur für d'Kinder.

DER VATER Ja, ich war in zwei Christbaumfabriken, und da hams mit den gebn.

DIE MUTTER Ja, da ist ja kein Christbaumbrettl dran, hast dus verloren? Ich hab doch ausdrücklich gsagt, du sollst an Baum mit Brettl bringen.

DER VATER Ja, der hat ja keins.

DIE MUTTER Das seh ich ja, dass er keins hat.

DER VATER Wie kannstn das sehn, wenn keins dran ist?

DIE MUTTER Aufgschrieben hab ich dirs sogar, an Baum *mit* Brettl!

DER VATER Ja, die haben lauter Bäum mit Brettl ghabt, das war der einzige *ohne* Brettl.

DIE MUTTER Und den hast extra rausgesucht?

DER VATER Aber so ist er doch viel natürlicher, im Wald wächst er doch auch ohne Brettl.

DIE MUTTER Aber den kann man doch nicht brauchen, den kann ich ja nicht hinstellen am Tisch.

DER VATER Dann legn man halt heuer hin – jetzt

ham man fünfzehn Jahre hin*gstellt,* jetzt *legn* man amal heuer hin.

DIE MUTTER Ich möcht doch den Baum aufputzen. Ich hab solche Sprüch gmacht bei den Kindern, ich hab gsagt, wenn du kommst, dann kommt's Christkindl auch gleich. Und jetzt bringt er an Baum ohne Brettl! Da wärs mir schon lieber gwesn, du hättst bloß a Brettl bracht und gar koan Baum.

DER VATER Am Brettl allein hätten die Kinder auch kei Freud ghabt.

DIE MUTTER Aber so kann ich ihn nicht hinstellen!

DER VATER Ja, dann halt ich ihn halt.

DIE MUTTER Geh, du kannst doch nicht bis am heiligen Dreikönigstag so dastehn und kannst den Baum halten.

DER VATER Warum nicht, ich hab ja so nichts zu tun, ich bin ja arbeitslos.

DIE MUTTER Aber da sind doch noch vierzehn Tag hin, du kannst doch nicht Tag und Nacht den Christbaum halten, du musst doch auch manchmal wieder amal nausgehen.

DER VATER Dann nimm ich ihn mit.

DIE MUTTER Das kannst dir denken – jetzt gehst da hin, wo du den Baum kauft hast, und tauschstn um, sagst, sie sollen dir an andern geben.

Der Vater Naa, naa, der is froh, dass er den anbracht hat.

Die Mutter Dann muss ma halt selber a Brettl hinmachen.

Der Vater Ja, ich geh zu der Hausmeisterin und hol a paar Bretter vom Hof rauf, da schneiden wir a Stück runter.

Die Mutter Holst einfach so ein kleines Brett rein, das machen wir hin.

Der Vater So ein Stück Brett halt.

Die Mutter Aber zieh dich zuerst aus.

Der Vater Ganz?

Die Mutter Dein Mantel und dein Hut – aber leg mir an Hut nicht aufs Bett nauf, sonst zerlauft der ganze Schnee.

Der Vater Der zlauft nicht, das ist ja ein Christbaumschnee.

Die Mutter Jetzt geh nur.

Der Vater Ich trag jetzt mein Raglan naus und hol die Bretter. *Er geht ab.*

Die Mutter So ein schönes Bäumchen hat er bracht, er ist ein guter Mann, aber ein furchtbares Rindvieh – bringt er einen Baum ohne Brettl daher. – *Man hört Kindergeschrei.* Pst! – Ja, wer hat denn das Kind verkehrt herg'legt, da steigt ja 's ganze Blut in den Kopf. *Abermals Kindergeschrei.* Ja, sei nur still – Hundsbankert, hört doch auf, der ist gewiss wieder nass. *Sie legt das Kind auf den Tisch.* Ja, ja, ich werde dich gleich trockenlegen. *Sie nimmt den Tintenlöscher und trocknet das Kind damit, das Kind schreit immer noch.* Jetzt sei doch ruhig – wart, ich werd dir ein Wiegenlied blasen. *Sie nimmt die Posaune von der Wand.* So, mein Kind, jetzt pass schön auf. *Sie bläst »Schlaf, Kindlein, schlaf« usw. – beim letzten Ton ist das Kind eingeschlafen. Der Vater kommt mit zwei langen Brettern herein, bleibt damit in der Hängelampe hängen, stößt alles um, der Tisch fällt auseinander, der Fliegenfänger klebt ihm im Gesicht, ein verzweifeltes Durcheinander entsteht, die Mutter will ihm helfen.* Da, nimms Kind. *Sie drängt ihm das Kind auf und hängt die Posaune wieder an die Wand.*

DER VATER Nimm mir doch die Bretter ab!

DIE MUTTER Mein Gott, wie ders Kind hat! Mein Gott, ist das was! *Umständlich befreit sie ihn vom Fliegenfänger, von den Lampenketten usw.*

DER VATER Sind die Bretter recht? Daraus können wir uns Christbaumbrettln im Voraus machen für mindestens zwanzig Jahr.

DIE MUTTER Was hast denn jetzt da für lange Bretter bracht, waren denn keine längeren mehr da?

DER VATER Naa, des war des längste.

DIE MUTTER Ja, dann hol eine Säge und schneid ein Brettl runter!

DER VATER Ja, dann hol ich jetzt ein Stück Säge.

DIE MUTTER Und ich heiz einstweilen ein.

DER VATER *kommt mit der Säge und legt den Christbaum der Länge nach auf das Brett.* Das gibt drei Christbaumbrettl.

DIE MUTTER O Gott, o Gott, raucht der Ofen wieder!

DER VATER Hastn höchstens angezunden.

DIE MUTTER Dummes Gered! Vor zwei Jahren hab ich schon zu dir gsagt, du sollst den Kaminkehrer holen.

DER VATER Ich telefonier ihm halt, weißt du die Kaminnummer? *Er telefoniert.* Wie bitte? Die Nummer wissen wir beide nicht, Fräulein.

DIE MUTTER Wer ist denn eigentlich da?

DER VATER Wir sind falsch entbunden, der König Herodes hat, glaub ich, grad gesprochen.

DIE MUTTER *reißt ihm das Hörrohr aus der Hand.* Wer ist denn da? Wie? – Ah, grüß Gott!

DER VATER Wer is denn?

DIE MUTTER Die Frau vom Kaminkehrer ist da! Grüß Gott, Frau Kaminkehrersgattin! Ist Ihr Mann daheim? Geh, sagn S' zu ihm, er soll gleich rüberkommen. *Der Vater spricht dazwischen.* Sagn S', bei uns raucht der Ofen.

Der Vater Er soll rauskehren vom Ofen.
Die Mutter Ich sags ihm schon.
Der Vater Ich kanns ja auch.
Die Mutter Dann sagst dus ihr, wenn du so gscheit bist.
Der Vater Ach bitt schön, möchten S' nicht mit der Leiter bei uns den Ofen auskehren?
Die Mutter Schmarrn, sie weiß doch schon alles, was sagts denn?
Der Vater Sie sagt, er kommt vielleicht ganz bestimmt. *Er legt das Hörrohr in den Geschirrhafen hinein.*
Die Mutter Schneid doch amal das Brett ab! *Sie kniet noch immer beim Ofen am Boden. Der Vater nimmt die Säge und setzt sich auf die Mutter.* Was machst denn, siehgst nimmer, blinder Hess?
Der Vater Wie groß soll denn das Brettl eigentlich sein?
Die Mutter Hast du denn noch nie a Christbaumbrettl gsehn?
Der Vater Schon oft, aber das hab ich nimmer so im Gedächtnis.
Die Mutter Dann nimm halt das vorjährige Brettl als Muster. *Der Vater sägt das Brett ab, die Mutter hilft ihm dabei.* Gib Obacht, dass du dich nicht schneidst!

Der Vater *redet immer:* Die Kinder werden a Freud haben. Jetzt kommt ein Ast. – *Die Mutter geht ab und holt das Kaffeeservice.* Bring mir eine Schweinsschwarte zum Schmieren. *Die Mutter geht an den Tisch. Er drückt mit der Säge das Brett in die Höhe und stößt der Mutter das Geschirr aus der Hand.* Ich hab doch gesagt, du sollst 's Brett halten.

Die Mutter Wo hast du denn das Brettl, das du runtergschnitten hast?

Der Vater Da ists. *Er hält das lange Brett immer noch in der Hand. Die Mutter steigt am anderen Ende drauf. Das Brett haut den Vater auf die Füße.* Au, au, jetzt ists am Fuß naufgfallen.

Die Mutter Auf was fürn Fuß?

Der Vater Auf unsern Fuß. *Er hebt das Brett auf, fahrt der Mutter unterm Rock damit herauf.*

Die Mutter Was machst denn? Heute am Heiligen Abend macht er so saudumme Sachen.

Der Vater Ist doch erst der Heilige Nachmittag.

Die Mutter Jetzt hat er so a kleins Brettl runtergschnitten, das können wir doch nicht brauchen. Da nehmen wir halt das alte her, aber da musst du noch ein Loch hineinbohren.

Der Vater Dann hol ich den Bohrer. *Er tut es und bohrt ins Brettl ein Loch hinein; das Brettl dreht sich immer.*

Die Mutter Komm, lass dir helfen. Das Brett legt man da her am Tisch, ich halt dir und du bohrst. *Der Vater bohrt und spricht dabei.* So red doch nicht immer, pass doch aufs Loch auf!

Der Vater Ja, ich kann doch unterm Bohren reden.

Die Mutter Das brauchst gar nicht.

Der Vater So! *Er hat durch das Brett und durch den Tisch gebohrt, dass der Bohrer unten raussteht.*

Die Mutter Das sieht dir wieder gleich! Bohrt er in den schönen Tisch a Loch hinein, da brauchst dir noch was einbilden drauf, das schönste Stück in unserer Wohnung ist jetzt auch kaputt.

Der Vater Das war vorauszusehen.

Die Mutter Das Loch ist überhaupt zu groß, da passt der Christbaum gar nicht hinein.

Der Vater Das Brettl brauchen wir ja jetzt nicht. Jetzt können wir den Christbaum glei in den Tisch neistecken.

Die Mutter Das hättest glei tun können, da hätten wir überhaupt kein Brettl braucht.

Der Vater Das sag ich ja immer, drum habe ich ja an Christbaum ohne Brettl kauft.

Die Mutter Jetzt schmück amal den Baum, häng a paar Kugeln hin, die Kinder freun sich ja schon drauf.

DER VATER *hinter der Szene.* Mama, dürfen wir schon rein?

BEIDE Nein, noch lange nicht.

DIE MUTTER Schick dich doch, die Kinder möchten schon herein.

Der Vater hängt ein paar Christbaumschmuck-Glaskugeln hin, wirft aber dabei Tisch und Baum um…

SAKI

Der Nemesis-Tag

»Es ist ein Segen, dass der St. Valentins-Tag aus der Mode gekommen ist«, sagte Mrs Thackenbury; »mit Weihnachten und Neujahr und Ostern – von Geburtstagen ganz zu schweigen – gibt es schon genug Gelegenheiten, bei denen man anderen etwas schenken muss. Zu Weihnachten hatte ich mir die Sache etwas leichter machen und allen meinen Freundinnen Blumen schenken wollen, aber das ging nicht. Gertrude hat elf Treibhäuser und rund dreißig Gärtner, so dass es lächerlich gewesen wäre, ihr Blumen zu schicken, und Milly hat gerade erst einen Blumenladen aufgemacht, so dass ich auch ihr keine Blumen schenken konnte. Der Zwang, sich in aller Eile ein Geschenk für Gertrude und Milly einfallen lassen zu müssen, wo ich dieses Problem doch mit Anstand aus der Welt geschafft zu haben glaubte, hat mir das Weihnachtsfest gründlich verdorben. Und dann die eintönige Litanei der Dankesbriefe: ›Ganz herzlichen Dank für die wundervollen Blumen. Wie reizend von Ihnen, dass Sie an mich gedacht haben.‹

Natürlich hatte ich mir in den meisten Fällen überhaupt keine Gedanken gemacht; die Namen standen auf meiner Liste von ›Leuten, die keinesfalls übergangen werden dürfen‹. Wenn ich mich nur auf mein Gedächtnis verlassen würde, käme es zu manch peinlicher Unterlassungssünde.«

»Das Problem«, sagte Clovis zu seiner Tante, »liegt darin, dass alle diese Tage zudringlicher Aufmerksamkeiten so hartnäckig nur einen Aspekt der menschlichen Natur strapazieren und den anderen völlig außer Acht lassen; deshalb wirken sie auch so oberflächlich und unaufrichtig. Zu Weihnachten und Neujahr wird man durch die Konvention ermutigt und gedrängt, überschwengliche Bekundungen grenzenlosen Wohlwollens und beflissener Zuneigung an Leute zu senden, die man nicht einmal zum Mittagessen einladen würde, sofern nicht gerade ein anderer im letzten Moment abgesagt hat; wenn man zu Silvester in einem Restaurant zu Abend isst, wird gestattet und erwartet, dass man wildfremde Leute, die man nie zuvor gesehen hat und auch nie wieder sehen will, bei den Händen fasst und mit ihnen *For Auld Lang Syne* singt. Aber in der entgegengesetzten Richtung sind einem keinerlei Freiheiten gestattet.«

»Entgegengesetzte Richtung – welche entgegengesetzte Richtung?«, fragte Mrs Thackenbury.

»Es fehlt an einer Möglichkeit, seine Gefühle gegenüber Leuten zu bekunden, die man nicht ausstehen kann. Das ist es doch, wonach unsere moderne Gesellschaft wirklich lechzt. Denken Sie doch nur, wie wohltuend es wäre, einen bestimmten Tag allgemein dafür vorzusehen, alte Rechnungen zu begleichen und seinem Groll freien Lauf zu lassen, einen Tag, an dem man sich nach Herzenslust darauf verlegen könnte, es einer sorgfältig zusammengestellten Liste von ›Leuten, die keinesfalls übergangen werden dürfen‹ mit ausgesuchter Unhöflichkeit heimzuzahlen. Ich erinnere mich, dass wir im Internat einen Tag hatten, ich glaube, es war immer der letzte Montag vor den Ferien, der dazu ausersehen war, alte Fehden und Meinungsverschiedenheiten auszutragen; natürlich wussten wir ihn nicht so zu schätzen, wie er es verdient hätte, weil sich schließlich jeder andere Tag des Schuljahres ebenso gut hierzu anbot. Aber wenn man einige Wochen zuvor einen kleineren Jungen verdroschen hatte, weil er frech geworden war, dann stand es einem immerhin an diesem besonderen Tag frei, ihm diese Episode in Erinnerung zu rufen, indem man ihn erneut züchtigte. Das ist das, was die Franzosen als Rekonstruktion des Verbrechens bezeichnen.«

»Ich würde es Rekonstruktion der Bestrafung nennen«, sagte Mrs Thackenbury; »außerdem sehe ich nicht, wie Sie ein System primitiver Schülerrache in die zivilisierte Welt der Erwachsenen einführen wollen. Wir sind unseren Leidenschaften nicht entwachsen, aber wir sollten gelernt haben, sie innerhalb schicklicher Grenzen zu halten.«

»Natürlich müsste man unauffällig und dezent zu Werke gehen«, sagte Clovis; »der besondere Reiz läge darin, dass niemand so halbherzig daranginge wie an das andere Getue. Jetzt zum Beispiel würden Sie sich sagen: ›Ich muss den Webleys zu Weihnachten eine Aufmerksamkeit zukommen lassen, sie waren in Bournemouth so nett zu dem lieben Bertie‹, und dann würden Sie ihnen einen Kalender schicken, und nach Weihnachten würde Herr Webley Frau Weblcy eine Woche lang Tag für Tag aufs neue fragen, ob sie auch daran gedacht habe, sich für den Kalender zu bedanken, den Sie ihnen geschickt haben. Nun, übertragen Sie das doch einmal auf die andere, menschlichere Seite Ihrer Natur und überlegen Sie sich: ›Nächsten Donnerstag ist Nemesis-Tag; was könnte ich bloß diesen grässlichen Leuten nebenan antun, die solch ein albernes Gewese gemacht haben, als Ping Yang ihren Jüngsten biss?‹ Und wenn der Tag gekommen wäre, würden Sie in aller Frühe aus dem Bett springen und in ihren Garten hinüberklettern und auf ihrem Tennisrasen mit einem soliden Spaten nach Trüffeln graben;

dabei würden Sie natürlich den Teil des Rasens wählen, den die Lorbeerbüsche vor Blicken schützen. Sie würden zwar keine Trüffeln finden, aber einen tiefen inneren Frieden, wie ihn noch so viele Geschenke niemals verschaffen könnten.«

»Das brächte ich nicht fertig«, sagte Mrs Thackenbury, obwohl ihr Protest ein wenig gekünstelt klang, »ich käme mir wie ein elender Wurm dabei vor.«

»Sie überschätzen die Umwälzungen, die ein armer Wurm in so begrenzter Zeit bewirken könnte«, sagte Clovis. »Wenn Sie einen brauchbaren Spaten zehn Minuten lang zielstrebig einsetzen, sollte das Ergebnis eher an die Wühlarbeit eines begabten Maulwurfs oder eines hektischen Dachses denken lassen.«

»Sie könnten ahnen, dass ich es war«, sagte Mrs Thackenbury.

»Natürlich würden sie das«, sagte Clovis; »und darin läge auch schon ein gut Teil der Befriedigung, die damit verbunden ist, so wie Sie ja auch möchten, dass die Leute wissen, was Sie ihnen zu Weihnachten geschenkt oder geschrieben haben. Das alles ist natürlich viel einfacher zu bewerkstelligen, wenn Sie mit demjenigen, den Sie nicht leiden können, offiziell auf freundschaftlichem Fuß stehen. Diese gierige kleine Agnes Blaik zum Beispiel, die immer nur ans Essen denkt, könnte man ganz einfach zu einem Picknick irgendwo in einem entlegenen Wald einladen, um sie dann kurz vor der Mahlzeit aus den Augen zu verlieren; wenn sie sich schließlich wieder einfindet, könnte alles bis auf den letzten Bissen aufgegessen sein.«

»Agnes Blaik kurz vor einem Essen abzuschütteln würde mehr als ein strategisches Meisterstück voraussetzen; ich halte das, ehrlich gesagt, für aussichtslos.«

»Dann laden Sie halt lauter Gäste ein, die Sie nicht ausstehen können, und sorgen dafür, dass das Essen abhanden kommt. Es könnte versehentlich an den falschen Ort geschickt worden sein.«

»Es wäre ein grauenhaftes Picknick«, sagte Mrs Thackenbury.

»Für Ihre Gäste, aber nicht für Sie«, sagte Clovis. »Sie könnten sich, bevor Sie aufbrechen, mit einem ausgiebigen Frühstück gestärkt haben, und später könnten Sie dem Ganzen die Krone aufsetzen, indem Sie die Bestandteile des verschwundenen Banketts im Detail erwähnen – den Hummer Newburg und den Eiersalat und das Currygericht, das auf einem Rechaud hatte erhitzt werden sollen. Agnes Blaik wäre dem Wahnsinn nahe, noch ehe Sie dazu kämen, die Weine aufzuzählen. In der langen Zeit des Wartens, bis auch der Letzte die Hoffnung aufgegeben hat, dass sich das Essen doch noch einfindet, könnten Sie Ihre Gäste zu kindischen Gesellschaftsspielen animieren wie diesem idiotischen ›Bürgermeisters Festbankett‹ zum Beispiel, bei dem sich jeder den Namen eines Gerichtes aussuchen und etwas Sinnloses anstellen muss, wenn es aufgerufen wird. In diesem Fall würden die Mitspieler wahrscheinlich in Tränen ausbrechen, sobald ihr Gericht genannt wird. Es wäre ein himmlisches Picknick.«

Mrs Thackenbury schwieg einen Augenblick. Vermutlich stellte sie in Gedanken schon eine Liste all derer zusammen, die sie gerne zu diesem Duke-Humphrey-Picknick einladen würde. Dann fragte sie: »Und dieser grässliche junge Mann, Waldo Plubley, der immer so zimperlich ist – haben Sie eine Idee, was man ihm antun könnte?« Offenbar dämmerte ihr allmählich, welche Möglichkeiten der Nemesis-Tag bot.

»Wenn dieser Festtag allgemeine Verbreitung fände«, sagte Clovis, »wäre Waldo so gefragt, dass Sie die Einladung Wochen vorher mit ihm absprechen müssten, und selbst dann könnte ein leichter Ostwind oder das eine oder andere Wölkchen am Himmel genügen, dass er sich vor lauter Sorge um sein kostbares Wohlergehen nicht aus dem Hause traut. Ich fände es allerdings nicht übel, wenn Sie ihn dazu verlocken könnten, sich im Obstgarten in eine Hängematte zu legen, gleich neben der Stelle, an der jeden Sommer das Wespennest ist. Eine einladende Hängematte an einem warmen Nachmittag wäre bestimmt ganz nach seinem trägen Geschmack, und wenn er dann eindöst, braucht man nur ein brennendes Zündholz in das Nest zu werfen, um einen Schwarm aufgebrachter Wespen hinauszutreiben, die sogleich auf Waldos fettem Körper ein zweites Zuhause finden würden. Es ist gar nicht so einfach, eine Hängematte eilends zu verlassen.«

»Sie könnten ihn zu Tode stechen«, gab Mrs Thackenbury zu bedenken.

»Waldo gehört zu denen, die durch ihr Ableben nur gewinnen können«, sagte Clovis, »aber wenn Ihnen das zu weit geht, können Sie ja etwas nasses Stroh bereitlegen und unter der Hängematte anzünden, sobald Sie das Streichholz in das Wespennest geworfen haben; in dem Rauch würden sich nur die angriffslustigsten Wespen auf Stechweite heranwagen, und solange Waldo die schützenden Schwaden nicht verließe, würde er Schlimmerem entgehen und schließlich seiner Mutter zurückgegeben werden können, rundum geräuchert zwar und stellenweise angeschwollen, aber noch einwandfrei wiederzuerkennen.«

»Seine Mutter wäre bis an das Ende ihrer Tage mit mir verfeindet«, sagte Mrs Thackenbury.

»Und Sie hätten Weihnachten eine Karte weniger zu schreiben«, sagte Clovis.

MAXIM BILLER

Weihnachten

Warum musste Boltansky ein Doppelleben führen? Warum nicht! Wenn er bei seiner Frau Bronja war, dachte er an seine Freundin Gisela, und wenn er bei Gisela war, dachte er auch an Gisela.

Bei Gisela fand Boltansky, was er bei Bronja nie gesucht hätte: Ruhe, Verständnis und den multiplen Orgasmus – natürlich den eigenen. Gisela widersprach Boltansky nicht, sie überging seine Launen, und sie stellte keine Forderungen. Gut, manchmal fand er sie fast schon ein wenig zu ausgeglichen und kühl. Ab und zu konnte es sogar passieren, dass er morgens neben ihr aufwachte, und dort, wo sie liegen sollte, war nur ein großer Eiszapfen.

»Was ist mir dir, Gisela?«, sagte Boltansky dann, worauf der Eiszapfen mit der Stimme von Gisela erwiderte: »Ach, gar nichts, Schatz. Wahrscheinlich nur ein kleines Stimmungstief oder eine Erkältung. Muss ein paar Runden im Englischen Garten drehen und kalt duschen, dann bin ich wieder die Alte.« – »Gisela, draußen schneit's.« – »Toll.« – »Und es sind minus zehn Grad.« – »Du bist süß, Schatz. Na gut, dann zieh' ich mir eben eine lange Jogginghose an.«

Nur an Weihnachten wurde die gleichmütige Gisela sentimental und fordernd. Doch Boltansky hatte bis jetzt immer Glück gehabt und konnte Giselas festlichen Einladungen entkommen: Einmal fiel Chanukkah genau auf Heiligabend. Im Jahr darauf hatte ihn Gisela schon überredet, mit ihr vor der Mitternachtsmesse eine Mischung aus Kreuzigung und unbefleckter Empfängnis durchzuspielen – aber dann musste plötzlich die jammernde Bronja mit einem Riesenabszess an ihrem Riesenhintern in die Klinik. Und letztes Jahr beschloss Gisela, endlich mal wieder zu ihren Eltern nach Bergisch Gladbach zu fahren, mit denen sie seit 1987 nicht mehr redete. Dort angekommen, stellte sie fest, dass die seit 1992 und 1997 gar nicht mehr am Leben waren.

Diesmal halfen Boltansky aber keine Wunder und keine Ausreden. Da saß er nun mit Gisela in ihrem Einzimmer-Appartement in Giesing, draußen war es so dunkel wie in der Seele von Adolf Eichmann und drinnen flackerten kleine bunte Lichter an einem kleinen grünen Weihnachtsbaum. Gisela schenkte Boltansky einen Bildband über jüdische Friedhöfe, Mazzekekse von Ossem und eine Klezmer-CD. Er schenkte ihr zweihundert Euro.

Dann machte Gisela Musik an, und sie hörten Lieder, die so klangen, als wolle der Chor, der sie sang, kollektiven Selbstmord begehen. Dann weinte Gisela. Dann machten Boltansky und sie es auf dem Boden unter dem Weihnachtsbaum. Dann weinte Gisela wieder. Dann machten sie es noch mal, und dann fragte sie ihn das erste Mal überhaupt, wann er endlich seine Frau verlassen werde. Dann dachte Boltansky das erste Mal überhaupt in Giselas Gegenwart an Bronja. Und dann stand er auf, verabschiedete sich und ging für immer zu Bronja zurück.

WIGLAF DROSTE

Das letzte Tabu

»Nichts darf man!«, mault die kleine Gisela und zieht einen Flunsch – und das bloß, weil ich ihr gerade mild untersagt habe, mit dem Abendbrot etwas zu veranstalten, das sie begeistert »Oliven-Stampede im Käse-Corral« nennt und das im Falle der erfolgreichen Ausführung ihres Planes später die Wände herunterlaufen würde. »Quatsch!«, gebe ich zurück. »Im Gegenteil: Alles ist erlaubt in der Blödwelt. Man darf sogar sein sonst eher chipsfrisches Gesicht ins Fußkäshafte verjüngen und, wie beispielsweise Klaus Bednarz, Eugen Drewermann und Jürgen Fliege, mit großem Lamento losbraten, heutzutage habe Weihnachten doch gar nichts mehr mit Jesus zu tun, das sei doch alles nur noch Konsum, schluchzbuhu, und dafür sei der Nazarener aber nicht gestorben, oder war es der Kerpener? Der Leimener? Und mit diesem gesangbuchbraven Allerweltsgenöckel schmeißen sich diese Schlafpillendreher in die Brust – als Ketzer, als Unbequeme, als Schwerverfolgte und Vollrohrbedrohte!«

»Ach so ist das«, unterbricht die kleine Gisela meinen Vulkanausbruch. »Kann ich dann wenigstens ein Stück Schokolade?« – »Klar«, sagte ich, und dann singen wir erst mal unsere gemeinsamen Lieblingslieder, die etwas mehr taugen als *Lobet den Herren* oder der Flipper-Song. Unser erstes Lied geht so: »Wir haben Hunger, müssen Pipi, uns ist kalt / Wir wollen Eis zu dreißig, puuh, ist es noch weit ...?«, und bei der zweiten Weise harmonieren unsere Stimmen schon ganz passabel: »Vier kleine Keese, die gingen auf die Reise, / Vier kleine Keese, die reisten gar nicht weit / Dann trafen sie uns beide und wurden zur Nachspaheise / Doch das tut keinem der vier kleinen Keese leid ...«

Singen ist schön; gedankenverloren schiebe ich ihr die runde Schachtel mit den köstlichen *Droste-Pastillen* aus Holland hin, die immer zur Hand sind für kleine Jungs und Mädchen in den Pfarrhäusern dieser Welt. »Aber vielleicht hast du doch recht«, lenke ich ein. »Es gibt etwas, das man wirklich nicht darf. Das letzte Tabu sozusagen.«

»Was denn?«, fragt die kleine Gisela und schiebt sich drei weitere Schokoladenplättchen in die Schnute. Während sie die Schokolade lutscht und zutscht, sehe ich sie lange an und frage sie schließlich: »Willst du es wirklich wissen?«

»Hmmh«, gibt sie nickend zurück; ich rücke näher. »Also gut. Ich erzähle es dir. Obwohl du dafür eigentlich noch ein bisschen zu klein bist.« Wieder nickt sie. Und dann tue ich es und packe aus:

»Hier ist wahrhaftig alles gestattet, jeder Irrsinn, jeder Wahn. Aber eins darfst du tatsächlich nicht: Weihnachten allein verbringen. Heiligabend alleine sein. Oder nur alleine sein *wollen*. Da ist der Mitmensch vor. Dieselben Leute, die das ganze Jahr lang indigniert und angeekelt an dir vorbeigöngen, wenn du auf der Straße umfielest oder stürbest, wittern bei weihnachtssolitüden Einzelgängern schlagartig Gefahr: hochgradige Isolation, Einsamkeit, suizidale Tendenzen – alles, wovor sie sich fürchten. Hast du schon mal probiert, Heiligabend alleine essen zu gehen? Ich habe es einmal versucht, in Hamburg. Entweder war geschlossen, oder es war Geschlossene Gesellschaft. Irgendwann, nach Stunden, fand ich doch ein geöffnetes Lokal, ein thailändisches, die Buddhisten haben es ja auch nicht mit dem Jesuskind, da setzte ich mich still für mich an einen Tisch, ich hatte ein großartiges Buch dabei, *Rote Ernte* von Dashiell Hammett, ich hatte es schon den ganzen Tag gelesen, und wollte das nun weiter tun, nur eben zwischendurch etwas Gutes, Warmes essen und etwas trinken. Es ging nicht. Kaum dass ich saß und las, wurde ich vom Nebentisch angesprochen: Ob ich denn ganz allein sei …?

Ob ich mich nicht dazusetzen wolle, am Heiligen Abend …? Das Schrecklichste war: Sie meinten es gut. Sie wollten mich, einen Fremden, an ihre Tafel bitten – aber weil es an *diesem* Abend war und sie es an keinem andern Abend getan hätten, weil es Weihnachtsterror war, Heiligabendbeschuss, unter dem sie lagen und den sie an mich weitergaben, sah ich nur Triefaugen, die mich anbrüderten, und fürchtete, dass die Brutalität der Landsleute in ihre noch unangenehmere Kehrseite umschlüge, ins Sentimentale. Und wenn sie da erst mal angekommen sind, dann flennen sie dir das Hemd nass vor lauter Rührung über sich selbst, also darüber, wie gut sie doch sind.«

Über respektive unter meiner Suada war die kleine Gisela längst eingeschlafen. Seufzend trug ich sie ins Bett. Ohne es zu bemerken, hatte ich Heiligabend in Gesellschaft verbracht. Es hatte mir ganz ausgezeichnet gefallen.

JOACHIM RINGELNATZ

Weihnachten in der Tropenhitze

Das Heimweh, jenes Heimweh des Gebirgssohnes, der sich niemals ganz in die Fremde einfindet, ist ihnen oder wird ihnen fremd. Ja, es bildet sich bei ihnen mit der Zeit etwas beinahe Gegenteiliges heraus. Ein Fernweh. Sie müssen immer wieder weit weg und woanders sein und sind es gern. Ohne dass sie darüber die Liebe zur Heimat verlieren.

Wie froh schlägt den Deutschen das Herz, wenn sie nach langer Abwesenheit Elbe aufwärts fahren und die Hamburger Michaeliskirche in Sicht kommt. Oder wie gespannt erwarten sie in Yokohama – und wie oft lesen sie – einen Brief aus der Heimat. Was bedeutet für den Memelsmann ein Weihnachtspaket von Muttern, das er in Tropenhitze öffnet!

Ich besinne mich auf ein Weihnachten, da ich in solcher Tropenhitze mit einem Dampfer auf der Reede von Maranhao lag. Wir durften nicht an Land, weil die Pest dort herrschte. Wir hatten den Tag über und bis spät in die Heilige Nacht hinein schwer zu arbeiten, um einen bedenklichen Schaden auszubessern.

Hinterher öffneten wir das Weihnachtsgeschenk unserer Reederei: pro Mann eine Flasche Bier. Das Bier war durch die Hitze verdorben. Aber dann hatte einer von uns in eine Holzspiere zwei Löcher gebohrt und in die Löcher zwei Handfeger gesteckt, die Borsten nach unten, so dass das Ganze aussah, wenigstens für uns aussah, wie ein Weihnachtsbaum. Und wir sangen ein Weihnachtslied und hatten Hunger und insgeheim etwas Sehnsucht.

Und hätte damals eine Fee einem von uns nur eine unbelegte und unbeschmierte Scheibe richtigen frischen Brotes geschenkt, der Empfänger wäre hochbeglückt gewesen. Und wir anderen mit ihm. Denn er hätte es unter uns fünfzehn (oder wie viel wir auch sein mochten) geteilt.

GERHARD POLT

Mein schönstes Weihnachtserlebnis

Und dann hat mich der Herr vom Rundfunk gefragt: »Was ist Ihr schönstes Weihnachtsfest gewesen?« Da hab' ich nicht lange nachdenken müssen. Mein schönstes Weihnachtsfest war, als ich noch ein kleiner Bub war und mein Vater aus der Kriegsgefangenschaft herausgekommen ist.

Also nach dem Zweiten Weltkrieg.

Am Heiligen Abend, unterm Baum, hat er dann die Zinnsoldaten herausgeholt und die Schlacht von Verdun aufgebaut. Mein Vater wollte die Schlacht von Verdun gern einmal so aufbauen, dass die Franzosen verlieren und nicht immer die Deutschen.

Und dann hat er zu mir gesagt: »Pass auf, Bubi«, hat er gesagt, »hier ist das Bataillon mit den Husaren. Pass mir ja auf die Husaren auf, gell.«

Ich habe aufgepasst, aber ich war halt noch ein kleiner Bub und unerfahren. Die Schlacht hat sich lange hingezogen, und dann habe ich so einen Reiter, so einen Husaren genommen und habe ihn ins Kerzenlicht hineingehalten, und weil er aus Blei war, ist er geschmolzen. Das hat mir sehr gefallen.

Und dann habe ich noch einen Reiter genommen, und den habe ich auch geschmolzen, und dann habe ich das ganze Bataillon eingeschmolzen, und dann hat mein Vater gesagt: »So, Bubi, jetzt machen wir die Franzosen fertig. Wo sind denn die Husaren?«

Und dann habe ich meinem Vater das Bataillon in Form einer Bleikugel überreicht.

Und dann hat mein Vater gesagt: »Du Sauhund, du verreckter, jetzt kracht es gleich unwahrscheinlich!«

Mein Vater wollte mich sauber verprügeln, aber sich vorher erst einmal stärken. Er ist auf den Balkon hinaus, weil da hat er ein Bierdepot gehabt. Aber weil Weihnachten war und es saukalt war und am Balkon so glatt, ist er vom Balkon hinuntergefallen, weil er ausgerutscht is.

Und ist auf den Nachbarbalkon hinaufgefallen, wo auch ein Bierdepot war.

Und dann haben sie meinen Vater ins Krankenhaus, weil er Rippenbrüche gehabt hat und Quetschungen.

Er ist erst nach Heilig Dreikönig wieder heimgekommen, und das war das schönste Weihnachtsfest in meinem Leben.

INGO SCHULZE

Schöne, wertvolle Dinge

Wir waren seit drei Jahren nicht mehr in der Oper gewesen – und nun gleich den *Tristan*. Weil die Meyer sang und Barenboim dirigierte, liefen wir vor dem Eingang durch ein Spalier von Wagnerianern, von denen einige sogar ohne Regenschirm oder Kapuze im Schneeregen ausharrten, um uns ein Schildchen »Suche Karte« entgegenzuhalten. Wir saßen im Parkett, Reihe sieben, Plätze 14 und 15 – es musste ein Vermögen gekostet haben. Dem Dirigenten sahen wir, als er sich umdrehte, direkt ins Gesicht, und mir schien, dass er ausgerechnet uns zunickte, obwohl er, vom Scheinwerfer geblendet, wahrscheinlich nicht mal die Leute in der ersten Reihe erkannte.

Möglicherweise wurden auch wir beobachtet, möglicherweise saßen wir sogar neben Leuten, die uns auf solch noble Weise entschädigen wollten. Noch während der Ouvertüre ergriff Dorothea meine Hand und ließ sie bis zur Pause nicht mehr los. Wir genossen die Musik, die Inszenierung, überhaupt den ganzen Abend. Es klingt natürlich sehr pathetisch, aber durch diese Geschichte mit den Karten war in uns der Glaube an das Gute ermuntert worden. Seit Jahren hatte ich mich nicht mehr so auf Weihnachten gefreut.

Zu Nikolaus war Dorotheas Fahrrad aus dem Hof verschwunden, geklaut. Nur wer Dorothea kennt, weiß, wie sehr sie an diesem Rad hängt, ein altmodisches schwarzes, schweres Damenfahrrad mit einer Dreigangschaltung und einem Korb auf dem Gepäckträger. Es gehörte zu ihr, zur Familie. Deshalb war es vor allem eine Frage der Pietät, dass wir den Diebstahl bei der Polizei meldeten. Die sahen das nicht anders. Je öfter Dorothea und ich uns vorhielten, dass es sich ja nur um ein altes Fahrrad handelte, von dem die Farbe blätterte und das sowieso bald neue Räder gebraucht hätte, wir also einem Haufen Schrott ohne Versicherungswert nachtrauerten und ich nun sogar wusste, was ich ihr zu Weihnachten schenken könnte – umso mehr spürten wir, dass wir uns belogen. Es war falsch, so miteinander zu reden. Selbst ich merkte das, obwohl ich in diesen Dingen eher abgebrüht bin. Ich fürchte mich davor, etwas Wertvolles geschenkt zu bekommen. Es dauert Wochen, bis mir ein edler Füller auf dem Weg von Tasche zu Tasche und Schreibtisch abhandenkommt oder ein Schal plötzlich fehlt, von Handschuhen ganz zu schweigen oder dem halben Dutzend Rotweingläsern, die mir beim Ein- oder Ausräumen der Spülmaschine einfach zerbrochen sind. Die Ausnahme ist mein Regenschirm, zu dem ich ein fatalistisch animistisches Verhältnis pflege. Ungezählte Male habe ich ihn bisher vergessen. Vor einigen Wochen war ich morgens aufgeschreckt. Überdeutlich sah ich meinen Schirm bei einem Fleischer im Stuttgarter Bahnhof stehen. Meine Unfähigkeit, auf die wenigen schönen Dinge, die zu einem gehören, zu achten, deprimierte mich. Können Sie sich mein Glück vorstellen, als ich dann im Flur den Schirm an der Garderobe stehen sah? Für einen Augenblick war ich tatsächlich davon überzeugt, er sei mir nachgereist. Dorothea jauchzte förmlich, als ihr Fahrrad nach drei Tagen wieder im Hof stand.

Zwischen Korb und Gepäckträger klemmte ein Kuvert. Darin waren die Karten und ein computergeschriebener Brief, in dem sich Eltern für ihre Kinder entschuldigten und uns mitteilten, dass diese Spitzbuben, die eigentlich sehr lieb und nett seien, bestraft worden wären und versprochen hätten, so etwas nie wieder zu tun. Die Karten für die Oper sollten wir doch bitte als Geste der Wiedergutmachung annehmen.

Es hätte nicht viel gefehlt, und Dorothea wäre in Tränen ausgebrochen. Wer so etwas noch nicht erlebt hat, der ahnt gar nicht, wie belebend eine solche Geste sein kann. Natürlich sahen wir uns die Leute auf den Nebenplätzen genauer an. Fast hätte ich das Ehepaar rechts von uns in der zweiten Pause auf ein Glas Sekt eingeladen.

Wie die Sache ausging, ahnen Sie wahrscheinlich. Dorothea meinte, sie habe bereits beim Aufschließen der Wohnungstür gewusst, dass etwas nicht stimmte.

Sie hatten gründliche Arbeit geleistet.

Noch immer sehe ich uns im Vorraum stehen – selbst den Spiegel hatten sie mitgehen lassen. Dorotheas rechter Daumen tippte zweimal die 1 und einmal die 0. Sie musste anrufen, weil ich in der einen Hand den nassen Schirm hielt, in der anderen ihre Linke. Dann drückte Dorothea auf die Taste mit dem Lautsprecher, so dass wir gemeinsam dem Tuten des Rufzeichens zuhören konnten.

JOEY GOEBEL

Sich irgendwie durchwursteln

Während des gesamten Weihnachtsurlaubs hatte John alles nur Mögliche getan, damit seine Familie eine friedliche und freudvolle Zeit erlebte, war aber immer wieder gescheitert. Erfolg hatte schließlich der Teppanyaki-Koch, dem in zwanzig Minuten das gelang, was John acht Tage lang vergeblich versucht hatte.

Am Heiligabend um 19 Uhr war das Steakhaus Nagasaki Inn gerammelt voll. Ehe der Koch eintraf, wurden die Misosuppe und der Salat mit Ingwer-Dressing gebracht. Um die Kinder im Zaum zu halten, drohte man damit, dass der Weihnachtsmann nicht kommen würde.

Der, abgesehen von seiner roten Mütze, ganz in Weiß gekleidete Koch schob seinen Rollwagen in den riesigen Speiseraum – in dem trotz mehrerer Hibachi-Grills noch jede Menge Platz war – und begrüßte uns mit einem freundlichen Hallo und einer angedeuteten Verbeugung. Er mochte etwa zwanzig Jahre älter als John sein (vielleicht Anfang fünfzig?), hatte aber eine Ausstrahlung, die ihn viel älter und weiser wirken ließ, und er schien mit sich und seiner Umgebung so sehr im Reinen zu sein, wie es einem Menschen nur möglich ist. In dem japanischen Restaurant zu Hause in Indiana gab es einen Koch mit einem ähnlichen Auftreten, und John hatte sich insgeheim im Verdacht, dass er Rassist war und möglicherweise das Klischee heiterer ostasiatischer Gelassenheit auf diese Köche projizierte. Um diese Vorstellung zu verdrängen, stellte er sich den Koch in Unterwäsche vor, wie er in einer vermüllten Wohnung fernsah, ein ganz normaler Durchschnittsamerikaner.

Nach einem Blick auf einen Zettel bestätigte der Koch alle Bestellungen: Teriyakistreifen New York für John, ein Rührei für seinen Sohn Dean (siebzehn Monate alt), Teriyaki-Huhn für seine Frau Meg, das Gleiche für seine Mom und seine Schwester, noch ein Ei für seine Nichte Lilly (drei), und Filet mignon für seinen Schwager. Natürlich mussten zwei Fremde bei ihnen sitzen, was John beim Essen bei einem Hibachi nicht ausstehen konnte. Die Fremden waren entweder ein elegant aussehendes Liebespaar oder ein eleganter Vater mit seiner elegant aussehenden Tochter. (Bei ihrem Smalltalk mit Johns Familie hatten sie noch keine Hinweise bezüglich der Art ihrer Beziehung gegeben.) Allerdings war es weniger peinlich, mit Fremden zu essen, wenn Kinder dabei waren, weil das Hauptaugenmerk meist auf ihnen lag. John betrachtete sie – ein peinlicher Gedanke – als entzückende kleine gesellschaftliche Schutzschilde.

»Vielleicht sollten Sie ihn hochhalten, damit er besser sieht«, sagte der Koch. Ohne zu zögern hob John Dean in die Höhe.

»Jetzt geht er nie mehr in sein Hochstühlchen zurück«, stellte Meg lächelnd fest. »Und das ist ganz allein Ihre Schuld.«

Alle lachten, auch der Koch. »Ganz allein meine Schuld.« Dann knipste er mit einem Schalter die Lampe über ihnen aus. Mit Öl aus einer Spritzflasche malte er ein lächelndes Gesicht auf die stählerne Grillplatte. Er zündete sein Feuerzeug an, hielt es ans Öl, und dann stiegen die Flammen auf, die einen Moment lang die Luft gefährlich heiß werden ließen. Die Kinder hatten überhaupt keine Angst. »Was war das denn?!«, sagte John zu Dean, der den in die Lampen aufsteigenden Rauch betrachtete. Zum ersten Mal in diesem Urlaub lächelten sämtliche Familienmitglieder gleichzeitig.

Zuerst wollten John und Meg wirklich gern Weihnachten mit Johns Familie in Florida verbringen, denn zu der Zeit dachten sie noch, sie hätten genug

Geld, um den Urlaub zu genießen. Um Halloween herum fand John sich damit ab, dass er nicht so bald Arbeit finden würde. Am dritten Juli war er entlassen worden, hatte aber genug gespart, um die Sozialarbeit aufzuschieben und stattdessen ein paar langgehegte Träume auszuprobieren, jedenfalls bis zum Jahresende. Doch sein Plan, Songs zu schreiben und Musik zu veröffentlichen, war im Sande verlaufen, und um Thanksgiving herum verkaufte er seine Habseligkeiten, um die Hypothek, die Nebenkosten und jedermanns Arztrechnungen zu bezahlen. (Ein gerüttelt Maß an gesundheitlichen Problemen hinderte Meg daran, zu arbeiten.) In einem Augenblick der Frustration erwähnte John während eines der täglichen Telefonate mit seiner Mutter seine finanzielle Notlage. Als sie erfuhr, dass er seine Vergangenheit versetzte, verpfändete und bei eBay verkaufte, erwähnte sie zum ersten Mal das Saxophon.

»Dein Dad hat immer gesagt, falls du oder Liz je Geld brauchen würdet, könntet ihr dafür *eine Menge* bekommen.«

»Das wär' etwa so, als würde man *ihn* verkaufen.«

»Nun mach mal 'n Punkt. Er hat *gewollt,* dass ihr es macht. Seit fünfzehn Jahren liegt es rum, als Staubfänger.«

»Also, mir gefällt der Gedanke, dass er mir hilft, meine Träume zu verwirklichen; mir irgendwie übers Grab hinaus hilft. Doch ich kann nicht.«

Etwa eine Woche später, als er merkte, dass seine originalverpackten »Masters of the Universe«-Figuren – seine wertvollsten Spielsachen aus Kindertagen – bei eBay keinen Bieter fanden, holte John das Saxophon aus dem Keller.

Bei Licht betrachtet sah das Instrument majestätisch aus. Johns Vater hatte es sorgfältig gepflegt. Sein Dad hätte nie zugelassen, dass ihre Lage so schlimm werden würde, dachte John.

Nachdem er das Saxophonmodell recherchiert hatte, sah John sich bei eBay um und traute seinen Augen nicht, als er den Bildschirm betrachtete: Dieser spezielle Saxophontyp ging für bis zu zwölftausend Dollar weg.

»Es gehört dir, Kleiner«, sagte Johns Mom, die angenommen hatte, das Saxophon wäre nur zwei- oder dreitausend wert.

»Tut es nicht. Liz sollte die Hälfte bekommen.«

Liz weigerte sich. »Du bist sein Sohn«, sagte sie. »Und du magst Musik so sehr. Ich will keinen Cent haben.«

John und Meg stellten so schnell wie möglich alles für die Auktion zusammen, doch trotz der Hektik verfassten sie ein phantastisches Angebot. Für die

Fotos kaufte Meg schwarzen Stoff als Hintergrund. Ihre Bilder betonten die Eleganz des Instruments. Derweil schrieb John eine der wahrscheinlich aussagekräftigeren Artikelbeschreibungen in der Geschichte von eBay:

Dies ist ein 1953er Tenorsaxophon Selmer Super Balanced Action. Es weist nicht nur einen ausgezeichneten Allgemeinzustand und den Originallack auf, ich füge außerdem noch mehrere weitere Artikel hinzu, die dieses Instrument zu einem der authentischsten Saxophonangebote machen, die Sie wahrscheinlich finden werden, einschließlich der schriftlichen Bescheinigung Maurice Selmers, dass es sich um eine Spezialanfertigung handelt.

Eine kurze Geschichte dieses Saxophons: Mein Vater diente im Koreakrieg, und dass er Jazzmusiker war, rettete ihm womöglich das Leben. Er spielte erfolgreich für die Band der US-Army vor, weshalb er nie an die Front musste. Statt zu kämpfen, spielte er vor Offizieren und Würdenträgern überall in Europa, besonders in Deutschland.

Zurück in den USA, spielte mein Vater hauptberuflich in der Frank Bluell Band in Louisville, und mit diesem Selmer-Saxophon spielte er bei Ray

Anthony, Les Brown und Gene Krupa, wenn sie in Louisville auftraten. Außerdem spielte er dieses Saxophon vor Präsident Kennedy (Secret-Service-Leute mussten den Koffer kontrollieren). Er machte Musik bis er vierzig war, dann beschloss er, sesshaft zu werden, einen Brotberuf zu ergreifen (Sozialarbeiter) und schließlich eine Familie zu gründen.

Warum ich es verkaufe? Nun, Dad starb, als ich sechzehn war (mit das Schlimmste, das passieren kann, wenn man »ältere« Eltern hat). Mom sagte, ich solle seinen wertvollsten Besitz bekommen. Ich hatte immer vor, Saxophon spielen zu lernen. Doch jetzt bin ich zweiunddreißig, habe gemerkt, dass ich es wahrscheinlich nie lernen werde, und jetzt habe ich einen kleinen Sohn, der den Namen meines Vaters trägt, und, um es kurz zu machen, dass ich Geld für meine Familie brauche, wiegt letztlich schwerer als meine emotionale Bindung zu diesem Gegenstand.

Fragen jeder Art sind willkommen. Hoffentlich landet es in den richtigen Händen.

Ein Mann aus Okinawa gab schließlich das höchste Gebot ab. Seine Herkunft überraschte John nicht, denn als er vor einigen Jahren in einer ähnlichen

Geldnot steckte und die wertvollsten Jazzplatten seines Vaters verkaufte, fand er heraus, dass Japaner und Chinesen Jazz offenbar höher schätzten als alle anderen. John versuchte, per E-Mail mehr über den Mann herauszufinden, der den Zuschlag bekam, doch sein Englisch war nur teilweise verständlich.

Das höchste Gebot betrug 8700 Dollar. John gefiel das, da er dank dieser Summe weiterhin seine Demo-Songs nach Nashville und Los Angeles schicken konnte, wenigstens noch den Frühling über. Und plötzlich gab es keinen Grund mehr, Weihnachten nicht seine Familie nach Destin zu begleiten. Er und Meg konnten jetzt Geschenke kaufen. Das Saxophon rettete Weihnachten. Johns Dad rettete Weihnachten. John schwor, ihn nicht zu enttäuschen. Er würde dafür sorgen, dass seine Familie einen großartigen Urlaub verlebte, genau wie es sein Vater vor so vielen Jahren für ihn getan hatte.

Als sich der Rauch verzog, begann die Show. Der Koch schlug zwei große Messer gegeneinander wie ein Krieger, der versuchte, den Feind mittels psychologischer Kriegführung zu beeindrucken, was ein metallisches Klirren erzeugte, das die Aufmerksamkeit der Gäste an den anderen Grills weckte. Sogar die anderen Köche schienen beeindruckt.

So imponierend diese Geschicklichkeit auch sein

mochte, John konnte immer noch nicht vergessen, in welch furchtbarem Zustand so ziemlich alles in seinem Leben war, dass er kaum noch gute Neuigkeiten hörte, und er ertappte sich bei dem Gedanken, dass es gar nicht so schlimm wäre, wenn der Koch plötzlich niesen müsste und eins der Messer seine, Johns, Halsschlagader durchtrennen würde.

Sofort rief John sich zur Ordnung. Wie konnte er sich auch nur eine Sekunde lang eine Welt vorstellen, in der er nicht die Ehre hatte, seinen geliebten Engel Dean aufwachsen zu sehen? Bei dem Gedanken kamen John fast die Tränen.

Obwohl sie früher schon in so einem Restaurant gegessen hatten, waren die Kinder von dem Auftritt des Kochs begeistert. Es war Heiligabend, die Kids waren glücklich, und nur darauf kam es an, dachte John. Obendrein schienen sowohl er als auch seine Schwester vergessen zu haben, wie hungrig sie waren, als sie dem Koch beim Jonglieren mit seinen Utensilien zusahen.

Dann rollte der Koch das Ei mit einem Pfannenwender und rief: »Frühlingsrolle!« Der Gag war alt – bekamen diese Burschen alle dasselbe Handbuch? –, doch das Gelächter war ehrlich. Dann kam der Teil, der John immer am meisten beeindruckte. Mit seinem Pfannenwender wirbelte der Koch das Ei durch die Luft und drehte es so, dass es fast unwirklich –

ja sogar wie Zauberei – erschien, und am Ende teilte er es präzise in zwei Hälften. Als der Koch die Eierschalen in den winzigen rechteckigen Abfallbehälter schob, dachte John das, was er bei solchen Essen immer dachte: Nie werde ich irgendwas so gut können.

Und noch etwas dachte John immer bei Essen in einem Hibachi-Grill: Er wünschte, er könnte sich irgendwie mit dem Koch anfreunden, denn solche Köche schienen ihm immer Männer zu sein, die ihr Leben ziemlich gut im Griff hatten. Ähnlich dachte er über einige der Leute in den Fernsehsendungen, die Dean gern ansah, er wollte sich mit ihnen anfreunden. Wie konnte man beispielsweise nicht gutgelaunt sein, wenn man mit den Wiggles abhing? Und die süße kleine Carly von *The Sunny Side Up Show* – wie konnte man in ihrer Gegenwart nicht denken, das Leben wäre gut? (John hatte Schuldgefühle, weil er in Gedanken die Gesellschaft einer anderen Frau genoss, die nicht seine Frau war, sagte sich aber, das sei nicht so schlimm, weil Carly ja der Meg von vor zehn Jahren ähnelte.) Doch der Teppanyaki-Koch war die Krönung. Er und John könnten zusammen Bier trinken und sich Schallplatten mit Punkmusik anhören.

John wusste, dass das albern war, die Wiggles und Carly waren vermutlich vom Leben genauso enttäuscht wie jeder andere auch, sobald man die Kamera ausstellte. Und der Koch war wahrscheinlich so unbedarft und scheiße drauf wie die meisten, war vielleicht nicht mal ein echter Japaner. Dennoch gab sich John seinem Tagtraum hin.

Er würde den Koch immer bitten, ihm seine Küchentricks zu verraten, doch der würde immer antworten: »Zu gefährlich für dummen Amerikaner.« Doch schließlich gab er nach und brachte John alles bei – sogar die Sache mit dem Ei. Und dann bewarfen sie einander mit großen Messern, nur so zum Spaß. Beim Gedanken daran musste John lächeln.

Doch John konnte nicht gut Freundschaften schließen. Er überlegte, wie so etwas gehen könnte, und lachte laut.

»Was ist?«, fragte Meg.

»Wir sollten den Koch heute Abend in unsere Ferienwohnung einladen, wenn wir die Weihnachtsgeschenke öffnen.« Meg lachte. »Wahrscheinlich ist er Buddhist, da wird er seine helle Freude dran haben.«

»Na los, frag ihn doch.«

John lachte. »Ich wünschte, man könnte so was machen.« Doch man machte es nicht, jedenfalls nicht John. Vielleicht hätte er es getan, als er siebzehn und das Leben ein Witz war, doch damals war auch sein Nervenkostüm siebzehn gewesen und wurde erst allmählich auf die Probe gestellt. Jetzt war das Leben eine ernste Angelegenheit, und Pflichtgefühl war mit Humor unvereinbar.

Johns Mom hatte vorgeschlagen, Weihnachten gemeinsam in Florida zu verbringen, weil sie fünfundsiebzig war, ihr Herz nur weiterarbeitete, weil sechs (!) Stents in ihr steckten; eine Niere kaputt war, sie möglicherweise an Dickdarmkrebs litt, und verständlicherweise eine Urlaubsreise machen wollte, solange sie die noch genießen konnte. Weihnachten war die beste Reisezeit für Destin, weil es dort dann nicht so heiß und überfüllt war und sie niemanden bewirten musste. Trotz ihrer vielen Erkrankungen war letzten Endes immer sie diejenige, die aus unerfindlichen Gründen der Sippe das Weihnachtsessen bereiten musste.

Je mehr John darüber nachdachte, desto weniger verlockend war die Aussicht, mit einem Kleinkind eine elfstündige Autofahrt an den Golf von Mexiko zu unternehmen, aber wie konnte er nein sagen? In Destin hatten seine Eltern als Rentner die Winter in ihrer eigenen Mietwohnung verbringen wollen. Doch das Schicksal hatte es anders gewollt, und John ertrug es nicht, seine Mutter Weihnachten zu enttäuschen. Er gab ihr gegenüber allerdings zu, dass die Länge seines Aufenthalts davon abhing, ob er das Saxophon verkaufte. Doch das Geld war in der Bank; John und seine Familie konnten die vollen elf Tage bleiben.

Zwei Tage vor dem Aufbruch nach Florida erhielt John eine E-Mail des Mannes, der das Saxophon erworben hatte.

Hallo, Sax, ich bin bekommen heute. Doch welche Überraschung, das wollte ich nicht haben. Ich erhielt Artikel ist nicht wie beschrieben. Weil Sax wurde generalüberholt. Ist nicht Originalfarbe. Ich meine, ist Sammlung eines perfekten SELMER SBA. Es tut mir leid. Ich kann nur beschließen Rückgabe.

Weil John grundsätzlich mit dem Schlimmsten rechnete, war er nicht überrascht. Ja, das Thema Überholung hatte ihm bereits Kopfschmerzen bereitet. John hatte herausgefunden, dass der Lack für Sammler ein zentrales Kaufargument war. Seine Mom glaubte sich zu erinnern, dass sein Dad gesagt hatte, er wolle das Saxophon neu lackieren lassen, sich aber letztlich dagegen entschieden habe. John wusste, er hätte das Instrument zu einem Fachmann bringen müssen, um ganz sicherzugehen, brauchte aber das Geld schnell, da die Feiertage vor der Tür standen.

Er musste nicht zweimal überlegen, ob er dem

Mann sein Geld zurückzahlen sollte; er hatte ein schlechtes Gewissen, weil er behauptet hatte, das Saxophon habe noch die Originallackierung, obwohl er sich nicht sicher war, und ertrug die Vorstellung nicht, dass der, dem das Saxophon seines Dads nun gehörte, es nicht einmal haben wollte. Um auf Nummer sicher zu gehen, schrieb John dem Mann natürlich zurück, er werde den Kaufpreis erst zurückerstatten, nachdem das Saxophon wieder wohlbehalten bei ihm eingetroffen sei.

Damit war der Weihnachtsurlaub schon verdorben, ehe er auch nur begonnen hatte. John, der wegen seiner diversen Misserfolge bereits bedrückt war, ertappte sich dabei, dass er das Bett nicht verlassen, geschweige denn nach Florida fahren wollte. Meg benahm sich seltsam. Beide waren gestresst, da sie wussten, dass sie schon einen kleinen Teil vom Geld des Mannes für Weihnachtsgeschenke ausgegeben hatten, daher hatte John gar nicht mehr genug Geld für die Rückerstattung auf der Bank. Am klügsten wäre es gewesen, die Reise abzusagen, doch wenn er seiner Mom die Wahrheit über das Saxophon erzählte, würde sie sich wahnsinnige Sorgen machen, was *ihren* Urlaub verderben würde – oder sie bliebe ganz zu Hause.

Immerhin blieb ihm dank Visa und Mastercard genug Geld fürs Benzin.

Während der Koch geschickt Kohl, Bohnensprossen und Zucchini zerkleinerte – alle perfekt geschnitten –, kam John ein Scherz in den Sinn. Trotz seiner depressiven Grundstimmung tauchte dann und wann der alte John aus der Versenkung auf.

»Verzeihung. Könnten Sie mir bitte einen Taco machen?«

Alle lachten, sogar der Koch! John bekam wohl oder übel mit, dass die Tochter/Freundin direkt gegenüber von ihm besonders belustigt war und vor Lachen beinahe ihre Cola rausprustete. Er wurde rot, als er sich am Tisch umsah. Das Mädchen war recht hübsch, und John gelobte innerlich, sie während des Essens nicht mehr anzusehen.

»Kein Taco hier. Sie in falschem Restaurant.«

John war gut aufgelegt, als der Koch mit Hilfe einer zweizackigen Gabel und eines Bratenwenders nacheinander die einzelnen Schichten einer Zwiebel sorgfältig löste und anschließend einen kleinen Zwiebelberg mit einem Loch oben baute. Wieder löschte er das Licht vor einem weiteren Hibachi-Klassiker: dem Vulkan.

John und seine Schwester sahen sich plötzlich an, und John formte stumm ein Wort: *Scheiße*.

Den Grund kannte keiner, aber Lilly hatte schreckliche Angst vor Vulkanen. Bereits die Erwähnung des Wortes bewirkte, dass sich ihr liebreizendes Gesicht zu Grimassen verzog, die selbst sensibelste Erwachsene nicht zustande brachten.

»He, Lilly«, sagte John. »Lilly, he. Lass uns über *Der Zauberer von Oz* reden.«

»Also, den Verstand-Song mag ich am liebsten, aber die böse Hexe kann ich nicht leiden und auch die Affen –«

»Vulkan!«, rief der Koch. Mit seiner Spritzflasche und dem Feuerzeug ließ er aus dem Zwiebelloch eine Flamme emporschießen. Lilly wandte sich angsterfüllt ihrem Vater zu.

»Ist schon okay, Kleines«, sagte Matt.

»Du hast versprochen, ich würde in meinem ganzen Leben nie in der Nähe von einem Vulkan sein.«

John dachte daran, den Koch zu bitten, die Vulkanshow abzukürzen, doch ehe er etwas sagen konnte, schrie dieser: »Feuerwerk!« und streute oben auf die Flamme Pfeffer, woraufhin der Vulkan leuchtend orangefarbene Flecken versprühte.

»He, Lilly«, sagte John. »Du magst also ›Wenn ich nur Verstand hätte‹, und was noch?«

»Vulkane machen mir in meinem Leben Angst.«

»Keine Vulkane mehr«, sagte der Koch. »Hier kommt Puff-puff.«

»He!«, rief John. »Lilly, Dean und du, ihr *mögt* Puff-puffs.«

Während Rauch aus der Zwiebel-Dampflok aufstieg, schob der Koch sie mit seinem Pfannenwender vorwärts, schlug dann wiederholt mit einem Messer auf den Pfannenwender, was wie rollende Räder auf Schienen klingen sollte, und rief: »Puffpuff!« Deans unwiderstehliche Grübchen zeigten sich, aber Lilly weinte. John sagte: »Schau mal, das ist Thomas, die kleine Lokomotive« (noch eine von Deans und Lillys Lieblingsfernsehsendungen).

»Jetzt bewegt er sich!«, heulte Lilly.

Der Koch halbierte die Zwiebeln mit den Worten: »Mach's gut, Thomas.« John und er lachten gemeinsam. Stellten sie da eine Verbindung her?

»Ihr habt gesagt, ich würde auf der Straße nie einen Vulkan sehen.« Lilly vergrub sich in Liz' Pullover.

Dann wurde der Reis aufgetragen, was Hibachi-Köche noch nie unterhaltsam gestalten konnten. John hielt das für den geeigneten Zeitpunkt, um Dean wieder auf das Hochstühlchen zu setzen, anschließend könnte er Liz und Matt vielleicht helfen, Lilly zu beruhigen.

Dean bekam einen Wutanfall und wollte partout nicht auf seinen Hochstuhl. Seine Beine wurden zu kleinen Betonsäulen, die sich nicht unter die Gurte zwingen ließen.

»Sehen Sie nur, was Sie gemacht haben«, scherzte Meg.

»Ich weiß«, sagte der Koch. »Hab' zu Hause zwei Mädchen. Ich bin immer schuld.«

Stellte *sie* auch eine Verbindung zum Koch her?

Dean schrie so laut, dass es störte.

»Vielleicht er will Fischies gucken?«, fragte der Koch und zeigte zur anderen Seite des Raums. John trug Dean hinüber und hielt ihn vor das riesige Aquarium. Die meisten Fische schwammen direkt auf den Kleinen zu, als wüssten sie, was für ein außergewöhnlich fabelhaftes Kind er war. John hörte, dass an seinem Tisch gelacht wurde, was ihn zuerst irritierte. Dann merkte er, wie gut es sich anfühlte, seinen Sohn zu halten, der die dicken orangefarbenen Fische bestaunte. John lächelte selbst staunend vor sich hin und dachte, wie es wäre, wenn Dean seinen ersten starken Schneefall sähe. Wie würde das durch diese großen braunen Augen betrachtet wohl aussehen?

Seit dem Augenblick, als John die Ferienwohnung betrat, war er wild entschlossen, diesem Urlaub zum Erfolg zu verhelfen. Es würde schwierig werden, das wusste er. Meg und er müssten nicht nur eine große Posse abliefern, was ihre erfolgreiche Auktion bei eBay anging, es kamen auch etliche andere Herausforderungen auf sie zu.

Seine Schwester und seine Mom waren fast so

neurotisch wie er, und sowohl er als auch seine Schwester litten an Hypoglykämie, auch Unterzuckerung genannt, die bewirkte, dass ihre normalerweise friedlichen Persönlichkeiten einen Hulkmäßigen Wandel durchmachten, sobald die zwei Hunger bekamen. Seine Frau wiederum war ein Suchttyp, und auch wenn sie mit unvorstellbarer Willenskraft drei Jahre lang keinen Alkohol angerührt hatte, schien sie machtlos zu sein, was ihr zwanghaftes Kaufverhalten betraf, hatte aber in einem Kaufparadies der Golfküste null Geld zur Verfügung. Und so zauberhaft die Kinder waren, konnten sie natürlich den schlichtesten Ausflug in einen stressigen Belagerungszustand ausarten lassen. Johns Schwager Matt war noch der Stabilste von allen, doch seine Einstellung, sich einfach treiben zu lassen, färbte auf die anderen nicht ab.

John würde jedoch dafür sorgen, dass der Urlaub funktionierte. Es waren die ersten Weihnachten, an denen Dean einen Schimmer davon hatte, was um ihn herum vorging. Und laut Johns Mom waren es möglicherweise ihre letzten Weihnachten. Also hatte sich John gut vorbereitet. Er brachte Tüten voller proteinreicher Snacks für sich und Liz mit. Was Megs Problem anging, so würde er ihr seine Geschenkkarten geben. Sie hatten mit Megs Mom schon in der Woche zuvor Weihnachten gefeiert.

Johns Schwiegereltern hatten ihm Geschenkkarten für Barnes & Noble, J. Crew und Gap gegeben, die alle auch in Destin Filialen hatten. Außerdem würde er Meg seine Kreditkarten großzügig benutzen lassen. Das mache ihm nichts aus, sagte er, schließlich habe er sie überhaupt erst in diese Bredouille gebracht, und sie solle nicht darunter leiden müssen. Er wollte ohnehin nichts kaufen, außer vielleicht mal ein Buch, das er im Auto lesen konnte, während die Mädels shoppen gingen.

Sein versteckter Groll auf alle wuchs mit jedem Tag, der verging, immer mehr an.

Es war auch nicht hilfreich, dass jeder neue Tag zeigte, dass Santa, der Weihnachtsmann, Satan nicht gewachsen war, was bedeutete, dass dies der berüchtigte Weihnachtsurlaub aus der Hölle war. Auch wenn es einfacher wäre, die Dinge aufzuzählen, die in jener ersten Woche in Florida nicht schiefgingen: Liz wurde krank, und zwar so schlimm, dass sie in ein Krankenhaus fuhr, wo sich lauter andere kranke Touristen tummelten. Das Wetter in Indiana war wärmer; die Einheimischen sagten, sie hätten in Destin noch nie so eine Kälte erlebt. Am dritten Tag ihrer Ferien verdarb Dean sich den Magen und kotzte in den Wagen. Das Erbrochene verteilte sich in den Lücken seines Autositzes, und so gründlich Meg den Sitz auch schrubbte, den Rest der Woche rochen sie und John immer wieder verdorbene Milch. An dem einen Tag, als man gelegentlich die Sonne zu sehen bekam, nahmen John und Meg Dean mit an den Strand, wo sie sich in die Haare gerieten, weil Meg fand, John solle Dean nicht so weit ins Wasser gehen lassen. Das war eine ihrer zahlreichen Auseinandersetzungen – Ursache waren meist das Geld oder Johns Gereiztheit (die manchmal auf Hypoglykämie zurückzuführen war, manchmal ließ er seine Wut an Meg aus, da er während der Zeit in Florida fast täglich E-Mails mit Absagen für seine Musikdemos erhielt). Dean biss Lilly. Sie schrie, wie sie noch nie geschrien hatte, und es floss Blut. Das führte zu einem Handgemenge, als jeder jemand Anderem vorwarf, die Kids nicht gut genug im Auge zu behalten. Matt und Liz gerieten aneinander, als Matt sagte, ihm gefielen die Weihnachtsklamotten nicht, die seine Schwiegermutter Lilly gekauft hatte, und er wolle nicht, dass Lilly sie in der Öffentlichkeit trage. Und schließlich traf, dank einer Art Weihnachtswunder postalischer Effizienz, das Saxophon früher zu Hause ein als erwartet! Weil man seinen Transportweg online verfolgen konnte, wusste der Mann aus Okinawa, dass es im Postamt eingetroffen war, und fragte John per E-Mail nach seiner Rückerstattung.

Doch die Kinder schienen sich prima zu amüsieren, wenn man von dem Kotzen und Bluten mal absah.

Als John Dean zu dem Grill zurücktrug, lagen das gebratene Gemüse und der Reis auf allen Tellern, und die diversen Fleischteile brutzelten. Zwar hatte das Aquarium Dean beruhigt, doch als John probierte, ihn in den Hochstuhl zu setzen, fing er sofort wieder an zu schreien. Meg versuchte, seine Beine an den dafür vorgesehenen Stellen unterzubringen, doch Dean war viel stärker als seine zarten Extremitäten vermuten ließen. Das Schreien wurde lauter.

»Schau, Kleiner«, sagte der Koch und hob eine Garnele von Johns Teller. Der Koch ließ die Garnele auf seinem Bratenwender hopsen, und Dean verstummte, als er zusah. »Jetzt pack ihn in Sitz, Mommy.«

Deans Beine rutschten problemlos an ihren Platz, und sein Hintern saß ruhig da, während sein Kopf auf und nieder fuhr, als er die Garnele beobachtete.

»Sind Sie bereit, Taco?«

»Wie bitte?«

»Sich bereit machen. Den Shrimp im Mund auffangen.«

»O nein. Ich kann doch nicht –«

Doch die Garnele flog bereits durch die Luft. John gelang es problemlos, das perfekt geworfene Tier mit dem Mund zu fangen, und obwohl er sich albern vorkam, klatschte der ganze Tisch und Dean lächelte wieder.

»Guter Fang, Taco.«

Dean lachte so viel, wie er im gesamten Urlaub noch nicht gelacht hatte. Und ihm, John, war es gelungen, von einem Teppanyaki-Koch einen Spitznamen verpasst zu bekommen. Dann merkte er, dass auch Lilly fröhlich lächelte.

»Hat sie keine Angst mehr wegen des V-Worts?«, wollte er leise von Meg wissen.

»Er hat das erledigt«, sagte sie mit einem Kopfnicken Richtung Koch.

»Wie denn?«

»Er hat sie so lange angestarrt, bis sie zurückstarrte, und dann hat er für Matt den Trick mit der falschen Sojasaucenflasche gemacht, und das hat sie zum Lachen gebracht.«

John war kurz neidisch, befand aber, er solle dankbar sein, dass niemand wütend, enttäuscht oder gebissen worden war.

Da die Show jetzt zu Ende war, musste nur noch das Fleisch fertiggebraten werden. Manche fingen an, das Gemüse zu essen, während andere weiter dem Koch zusahen, der inzwischen stumm und ernst geworden war. Die Moms gaben ihren Kindern die Eier zu essen, und zur Abwechslung machte keins von beiden einen Aufstand. Johns Mom unterhielt sich mit dem fremden Paar, das, wie sich herausstellte, ebenfalls aus Indiana war, zwei Orte weiter. Die Natur ihrer Beziehung blieb jedoch weiterhin rätselhaft. Sie waren so nett, dass John ein schlechtes Gewissen hatte, weil er wegen etwas Unwichtigem so neugierig war.

Nicht lange und Johns Mund enthielt das beste Teriyaki-Steak, das er je geschmeckt hatte. (Matt pflichtete ihm später bei, das Steak sei ungewöhnlich gut.) Während der Koch den Grill reinigte, fragte er: »Alles gut geschmeckt?«

»Das ist das beste Steak, das ich je hatte.«

»Ooh. Taco mag es!«

»Wic kann ich Sie nennen?«

»Was?«

»Sie sagen immer Taco zu mir. Wie kann ich Sie nennen?«

»Ja. Ihnen nicht schmeckt Steak?«

»Aber nein. Es war köstlich. Vergessen Sie's.«

»Netter Versuch«, sagte Meg.

»Okay. Danke sehr!«, sagte der Koch und verbeugte sich ein letztes Mal. »Frohe Weihnachten!«

Alle dankten ihm und klatschten. Als er seinen Rollwagen weggeschoben hatte, sagte der elegant aussehende Mann: »Wir verlangen ihn jedes Mal. Er arbeitet hier schon seit – was glaubst du, wie lange, Jennifer?«

»Nun, schon seit du und Mom noch zusammen wart, also etwa seit zehn Jahren. Man sollte meinen, er würde sich mittlerweile an uns erinnern.«

Sie redeten kaum beim Essen. Vater und Tochter verabschiedeten sich von allen; John bemerkte, dass sie nicht aufbrachen, sondern sich an die Bar in der Ecke setzten.

Johns Familie verließ das Restaurant in gänzlich anderer Stimmung, als sie es betreten hatten, und er freute sich für die Kinder, weil sie bald ihre Geschenke öffnen durften, was diese Weihnachten vielleicht noch irgendwie zum Guten wenden konnte. Er sah sich noch mal in Richtung Küche um, weil er hoffte, dem Koch zum Abschied winken zu können, doch der war nirgends zu sehen.

Erstaunlicherweise hatte John nur wenige Stunden vor dem Hibachi-Essen seinen Ausbruch gebracht. Das geschah auf dem Indoor-Kinderspielplatz im Einkaufszentrum von Ft. Walton Beach.

John bemühte sich, den Tag so zu organisieren, dass jeder zufrieden war. Seine Mom hatte immer wieder ein entzückendes kleines Antiquitätengeschäft in Fort Walton erwähnt, und Liz, die Salz-

und Pfefferstreuer sammelte, wollte dorthin. (Für Salz- und Pfefferstreuer reichte das Geld auf den Kreditkarten noch.) John fühlte sich verpflichtet, seine Mom und seine Schwester einzuladen. Das Problem war, dass Liz noch mal ins Bett gegangen war, weil Lilly ihr die Nacht verdorben hatte, während John bereits halb verhungert war und Meg sich bereits angezogen hatte und aufbrechen wollte.

John ließ sich eine, wie er fand, gute Lösung einfallen: Er, Meg und Dean würden nach Fort Walton fahren und im Einkaufszentrum, wo sie auch essen konnten, ein wenig Zeit totschlagen. Das gab den anderen genug Zeit, sich fertigzumachen. Sie würden sich im Einkaufszentrum treffen. Sobald sie in der Mall waren, würde Liz John auf seinem Handy anrufen, dann würden sie sich auf dem Spielplatz treffen, auf dem sich Lilly, wie John vom Hörensagen wusste, im letzten Sommer prima amüsiert hatte. Nachdem die Kids gespielt hatten, konnten sie alle den Antiquitätenladen aufsuchen.

Und so stillte John seinen Hunger in einem Café im Einkaufszentrum. Er, seine Frau und sein Sohn spazierten durch die ganze Mall, die proppenvoll war mit gestressten Weihnachtseinkäufern. Als Liz nach zweieinhalb Stunden immer noch nicht angerufen hatte, beschlossen sie irgendwann, auf dem Spielplatz zu warten. Schließlich spürte John, wie sein Handy vibrierte. Es war seine Schwester, die drei Mal vergeblich versucht hatte, ihn zu erreichen.

»Wir sind seit einer Stunde hier«, sagte sie.

»Ich hab keine Ahnung, was passiert ist. Vermutlich bin ich gegangen, als das Handy vibrierte, und hab's nicht gespürt. Ich hasse dieses verfluchte Handy.« (Er bekam schon wieder Hunger.)

»Tja, wir sind hier auf dem Spielplatz«, sagte Liz.

»Tja, wir sind auch auf dem Spielplatz, aber ich seh euch nicht, verdammt.«

»Wir sind auf dem mit den Fahrgeschäften.«

»Hä?«

»Den Hubschraubern und Autos.«

Als sie schließlich alle zusammen waren, sagte Liz: »Wow. Diesen Spielplatz kannte ich noch gar nicht.« (Der, von dem John gehört hatte, lag in Minnesota.)

Zu diesem Zeitpunkt hatte Dean John müde gespielt. Da Dean das kleinste Kind auf dem Spielplatz war, hatte John sich verpflichtet gefühlt, immer neben ihm herzulaufen. Meg war bereits völlig erledigt, weil Dean sie in der Nacht wach gehalten hatte, und von dem vielen Herumlaufen in der Mall hatte sie Schmerzen. Sie konnte ihren Unmut nur schlecht kaschieren.

»Wir sind vom Spielen fix und fertig«, sagte John

zu seiner Schwester und seiner Mom. (Matt war klugerweise in der Ferienwohnung geblieben.) »Wollt ihr in den Antiquitätenladen gehen?«

»Lilly hat sich sehr auf den Spielplatz gefreut«, sagte Liz.

»Ach so. 'tschuldige, Lilly. Wir können ihr beim Spielen zusehen.«

»Nein«, sagte Liz. »Wenn ihr gehen möchtet, lasst uns gehen. Aber ich muss mit ihr Bimmelbahn fahren. Das hab ich ihr während der ganzen Fahrt versprochen.« In der Mall zu Hause gibt es auch Bimmelbahnen, doch hier war der Weihnachtsmann Schaffner. »Möchte Dean auch mit Lilly Zug fahren?«

»Nein«, antwortete Meg entschieden. »Wenn er bei so einer Fahrt mitmacht, kriegt er jedes Mal einen Trotzanfall, wenn er wieder runtermuss.«

»Was haltet ihr davon: Wie wär's, wenn Meg, Dean und ich im Auto sitzen bleiben, während ihr eure Zugfahrt macht? Sobald ihr dann das Einkaufszentrum verlasst, rufst du auf meinem Handy an - diesmal stell ich die Klingel an. Dann folgen wir dir zum Antiquitätenladen.«

»Danke, John. Das wäre schön, weil wir dann wirklich etwas machen könnten, weswegen wir hergekommen sind. Mom, wen begleitest du?«

»Ich bleibe bei ihnen.«

»Du musst was essen, Liz.«

»Wir werden versuchen, euch nicht warten zu lassen«, sagte Liz beleidigt und schob Lilly in ihrem Buggy fort.

»Was soll der Scheiß!?«, schrie John. »*Wir* haben auf *euch* gewartet.« John folgte ihr. »He. Was ist los?«

»Meg ist offenkundig schlecht drauf. Keine Ahnung, warum sie Dean nicht mit dem Zug fahren lässt. Sie ist eindeutig sauer auf uns.«

»Nein, das stimmt nicht. Sie ist nur wegen der ganzen Situation sauer. Wir warten hier schon lange. Wenn ich nur deinen Anruf bekommen hätte.«

»Warum haben wir uns nicht einfach in dem Antiquitätenladen getroffen?«

»Weil du geschlafen und mal gesagt hast, den Kids würde der Spielplatz gefallen, nur dass es anscheinend nicht *dieser* Spielplatz war – ach, weiß auch nicht. Ruf mich einfach an, wenn du auf dem Parkplatz bist.«

Als John zurückkam, saßen Meg und seine Mom auf einer Bank außerhalb des Spielplatzes. Weil Dean sich wand wie ein Aal, hatte Meg Schwierigkeiten, ihm die Schuhe anzuziehen, deshalb hockte John sich hin, um zu helfen.

»Ich rieche wieder diesen Geruch von Erbrochenem«, sagte John.

»Ich auch«, sagte Meg. »Den rieche ich schon den ganzen Tag, mit Unterbrechungen.«

Er hielt sich Deans Fuß an die Nase. »Da kommt er nicht her. Also, Mom, begleitest du uns zum Wagen?«

»Nein. Ich warte auf sie.«

John hörte an ihrer Stimme, dass sie aufgebracht war. »Was ist los?«

»Es fällt einer Mutter schwer, mitanzusehen, wie ihre Kinder streiten.«

»Wir streiten uns doch nicht. Wir –«

»Es sind *deine Schuhe*«, sagte Meg, die auf dem Boden kniete und an Johns K-Swiss-Tennisschuhen aus Leinen roch. John roch selbst daran. Sie hatte recht. Die Schuhe stanken.

»Moment mal. Ich weiß, dass ich Fußschweiß habe, aber das riecht nach saurer Milch. Irgendwas stimmt hier – ach, ich weiß, was es ist. Ich hab sie am Strand völlig durchnässt. Zum Barfußgehen war der Sand zu kalt, da wir am Nordpolarmeer Urlaub machen.«

»Du hast sie nicht am Strand getragen.«

»Stimmt. Richtig. Ich hab's euch nicht gesagt, aber neulich nachts, als alle im Bett waren, hab ich einen langen Strandspaziergang unternommen.«

»Warum hast du's uns denn nicht gesagt?«, fragte seine Mom.

»Du und Liz, ihr seid solche Panikmacher. Ich hatte Angst, ihr würdet es mir ausreden wollen, weil ihr glaubt, man würde mich umbringen.«

»Ich hätte nichts dagegen gehabt. Ich freue mich, dass du gegangen bist.«

»Warum hast du mir nichts gesagt?«, fragte Meg.

»Weil ich was getrunken habe. Ein total stressiger Tag ging zu Ende. Ich hatte mich mit dir und Liz gestritten, darum habe ich mir was von Matts Jack Daniels und Coke in meinen Thermosbecher gefüllt.«

»Ich hab's dir immer und immer wieder erzählt. Es ist in Ordnung. Du hättest es mir sagen können.«

»Ich hatte ein schlechtes Gewissen, weil du nichts trinken darfst.«

»Ich sagte dir doch, das macht mir nichts aus.«

»Und ich wollte nur mal was alleine unternehmen. Das wollte ich unbedingt machen, einen langen Strandspaziergang, und dann schien der Vollmond, und ich konnte nicht widerstehen. Und die ganze Zeit arbeitete ich im Kopf an einem neuen Song, habe also beim Gehen gearbeitet. Und dann kam ich zu dicht ans Wasser und meine Schuhe wurden pitschnass.«

»John, das macht nichts«, sagte Meg.

»Du machst dir zu viele Sorgen«, sagte seine

Mom. »Es hätte uns nichts ausgemacht. Es ist doch auch dein Urlaub.«

John gab einen fiesen Lacher von sich. »Na klar.«

»Was sollte das jetzt?«, fragte Meg.

»Es ist *nicht* mein Urlaub. Das Glück dieser Familie hing auf der ganzen Reise davon ab, dass ich nicht das gemacht habe, was ich wollte. Es tut mir leid, aber ich habe den Spaziergang für mich behalten. Nein, es tut mir nicht leid. Es war nur ein Scheiß-Spaziergang. Es tut mir aber leid, dass meine Schuhe nach Kleinkindkotze riechen.«

»Du musst was essen«, sagte Meg.

»Hast du deine Cashewnüsse dabei?«, fragte seine Mom.

»Die hab' ich vergessen.« Immer vergaß John unweigerlich, Proteinhappen mitzunehmen. »Ich wollte nur am Strand spazieren gehen und in den Buchladen reinschauen.«

»Das hast du doch beides gemacht, oder?«, fragte Meg.

»Schon, aber ich habe gemerkt, wie ungeduldig du im Buchladen wurdest. Macht keinen Spaß, wenn man auf jemanden warten muss, stimmt's?«

»Dean hatte die Windel voll.«

»Du hättest mit ihm zum Auto gehen können.«

»Na gut. Aber was ist mit heute? Du warst doch im Einkaufszentrum.«

»Was soll der Scheiß?! Glaubst du, ich bin wegen *mir* hier?« Er wurde so laut, dass sich einige Besucher der Mall umdrehten und ihn ansahen. »Ich habe speziell die Mall zum Zeitvertreib ausgesucht, weil du Einkaufszentren magst. Seit wann mag Meg Duncan keine Malls?«

»Seit wir kein Geld haben.«

»Ich sagte doch, du kannst meine Kreditkarte benutzen. Wir haben die Geschenkkarten. Wir –«

»Wie meinst du das, ihr habt kein Geld?«, fragte Johns Mom.

»Sie meint, dass wir kein Geld wie Heu haben«, sagte John.

»Ich geh' zum Auto«, sagte Meg und schob schmollend Dean in seinem Buggy davon.

»Dann geh halt.« John wandte sich an seine Mom. »Mama, ihr treibt mich in den Wahnsinn. Nicht du. Aber die anderen Frauen. Ich schwör's, ich habe absolut alles in meiner Macht Stehende unternommen, damit alle einen guten Urlaub verleben konnten, aber irgendwie geht am Ende alles in die Hose.«

»Dann hör auf, ihnen immer alles recht machen zu wollen. Mach das, was *du* willst.«

Sie hörten die Zugpfeife. Lilly lächelte und winkte aus dem Dienstwagen, und John und seine Mom winkten lächelnd zurück. Auch der Weihnachtsmann winkte ihnen zu. John winkte und lächelte nicht zurück. Liz rang sich ein Lächeln ab, winkte aber nicht.

Während der Urlaubsreise hatte sich John offen mit seiner Schwester, seiner Frau und sogar mit seiner Mom gestritten, als sie sagte, er müsse realistisch einschätzen, wie er im kommenden Jahr seinen Lebensunterhalt verdienen wolle. Doch während dieser Zeit war es ihm immer gelungen, zwischen seiner Frau und seiner Familie Frieden zu halten, die in der Regel miteinander klarkamen, doch jetzt war wegen der beengteren Wohnverhältnisse die Dynamik eine andere. Wenn er nicht etwas Drastisches unternahm, würde der Frieden zerbrechen, das spürte er.

»Mom, setzen wir uns.« Sie setzten sich auf die Bank, während der Zug um Sears herumfuhr und seinen Weg in die Gegenrichtung fortsetzte. »Ich möchte, dass du und Liz etwas versteht. Ich weiß, dass Meg auf dieser Reise unglücklich wirkt, doch dafür gibt es einen guten Grund. Sie hat recht. Wir sind völlig abgebrannt. Du weißt ja, wie sehr ich Lügen verabscheue, doch wegen dieser speziellen Geschichte musste ich dich belügen, weil …«

Auf dem Parkplatz des Einkaufszentrums umarmte jeder jeden. »Ich könnte einfach nur weinen«, sagte Liz. »Solange ich in der Nähe bin, werdet ihr *nie wieder* Geldsorgen haben. Der Gedanke macht mich *fertig*, dass ihr die ganze Zeit etwas vorspielen musstet.«

»Wir dachten, wir könnten uns ohne das Geld amüsieren«, sagte Meg. »Wir haben uns überlegt, dass wir die meiste Zeit am Strand verbringen, aber bei dem Wetter ...«

»Ich bin sogar erleichtert«, sagte Johns Mom. »Ich wusste, dass etwas nicht stimmt. Ich dachte, ihr wärt beide auf *mich* sauer. Macht euch nur keine Sorgen. Sobald wir nach Hause kommen, überweise ich genug Geld auf euer Bankkonto, dass ihr es ihm zurückzahlen könnt.«

»Das ist alles so peinlich«, sagte John, doch seine Mom und seine Schwester wollten nichts davon wissen.

Vor Fran's Antiquitäten blieb John mit Dean und Lilly auf dem Rücksitz des Wagens, da der winzige Laden für Kinder nicht geeignet war. (Er war ohnehin lieber in ihrer Gesellschaft.) Die Frauen verließen den Laden mit leeren Händen. Es gab keine Salz- und Pfefferstreuer. Es gab eigentlich überhaupt kaum etwas, sagten sie.

»Hört mal zu«, sagte Johns Mutter. »Ich lade euch heute Abend alle zum Essen ein, und ich bezahle und will keinen Streit hören. Ihr sucht das Restaurant aus.«

Japanisch war schon immer Megs Lieblingsessen gewesen.

John lehnte sich entspannt zurück und genoss das Auspacken der Weihnachtsgeschenke. Er und Meg hatten Lilly *Zauberer von Oz*-Figuren und einige original Dr.-Who-Sammlerstücke für Matt gekauft. Liz schien ihr *Mad Men*-Kalender und die entsprechenden DVDs zu gefallen. Und wie schon im Vorjahr hatte Meg die perfekten Kleidungsstücke für ihre Schwiegermutter gekauft. Dean wurde von Spielzeugen überschwemmt – er stand seit neuestem auf Spielzeugautos der Marke Hot Wheels –, und John und Meg bekamen genau das, worum sie gebeten hatten: Geld.

Gegen zehn Uhr abends, als alle Geschenkpapiere im Müll lagen, kam es zum letzten Streit dieses Urlaubs. Matt machte Lilly bettfertig. Meg tat dasselbe mit Dean. Zu dem Zeitpunkt kam zum ersten Mal die Sprache auf die Rückzahlung des Saxophonkaufpreises.

»John, gibt es bei eBay die Vorschrift, dass man jemandem sein Geld zurückzahlen *muss*?«, fragte Johns Mom.

»Das weiß ich gar nicht. Warum?«

»Wir glauben nicht, dass du es ihm zurückzahlen musst.«

»Ach so, eurer Meinung nach bin ich also ein Trottel, weil ich ihn das Saxophon zurückschicken lasse?«

»Ich glaube, er kann sich glücklich schätzen, dass du so entgegenkommend warst.«

»Ich fand, es war richtig so.«

»Schon, aber es ist auch richtig, für deinen Sohn zu sorgen.«

»O mein Gott!«, rief John und hieb auf das Sofakissen. »Was ich wegen dieses Saxophons alles durchgemacht habe – wegen *euch* habe ich die Sache geheimgehalten und diese Reise mitgemacht, und jetzt schimpft ihr mich deswegen aus?«

»Nein. Du hast recht. Du hast dich ehrenwert verhalten. Aber du wirst lernen müssen, dass man manchmal nicht ehrenwert sein muss, damit die Familie überleben kann.«

Meg trat ein, mit Dean in den Armen. »Er war schon fast eingeschlafen. Weswegen schreist du denn so?«

»Sie sagen mir, ich sollte den Typ das Saxophon nicht zurückgeben lassen. Bist du wenigstens noch auf meiner Seite?«

»Ja.«

»Weißt du, welche Vorschriften eBay in Sachen Rückzahlung des Kaufpreises hat?«, fragte Liz.

»Ich glaube nicht, dass John den Kaufpreis zurückerstatten *muss,* aber dann bekommt er eine negative Bewertung, und mit der Lackierung waren wir uns wirklich nicht sicher.«

»Aber der Käufer hat doch die Fotos gesehen, oder nicht?«, fragte Johns Mom.

»Ja, aber ich habe ausdrücklich erwähnt, dass es sich um die *Original*lackierung handelt! Weil *du* das gesagt hast, Mutter.«

»Weil ich das *geglaubt* habe. Woher weißt du, dass der Typ nicht lügt?«

»Weil es ihm nichts als Ärger eingebracht hat. Leute, bitte. Verschont mich damit. Meine Güte, ich dachte, Dad würde mir damit *helfen,* doch das Saxophon hat mich ins Unglück gestürzt. Was hält Matt davon?«

»Er ist unserer Meinung.«

John stürmte ins Schlafzimmer und schmiss sich aufs Bett, wo er sich vorstellte, wie alle lächelnd um den Hibachi-Grill herumsaßen.

Eine Minute später kam er im Sakko und mit den Autoschlüsseln zurück und sagte: »Meg, du musst mir dein Handy borgen.« Sie gab es ihm und fragte, was er denn vorhabe.

»Sieh mal, ich weiß, dass ich Mist gebaut habe. Das kann ich am besten.«

»Nein, du –«, setzte seine Mom an.

»Nein. Ganz im Ernst, wenn die gesamte Zukunft deiner Familie von einer Versteigerung bei eBay abhängt – tja, das ist ein ziemlich deutlicher Hinweis darauf, dass du irgendwas falsch gemacht hast. Ein Kind hängt von mir ab. Ich schäme mich, dass ich es so weit habe kommen lassen. Aber passt auf. Ich kann die Sache noch in Ordnung bringen. Wenn ich nach Hause komme, werde ich als Erstes die Jobsuche neu ankurbeln. Ich muss nur meine Musik wieder auf die lange Bank schieben. Aber zunächst einmal – Liz, hast du gesagt, Matt findet, ich sollte das Geld nicht zurückzahlen? Hat er das so gesagt?«

»Er sagte, *er* hätte das nicht getan.«

»Verstehe. Ich komme so schnell wie möglich wieder.«

»Wo willst du denn hin?«, fragte seine Mom.

»Bitte lass mich nur etwas Abstand gewinnen. Nur für ein Weilchen.«

Wenn er die Hände als Sichtblende vor die Augen hielt, sah John durch die dicke Glastür, dass in der Küche und um die Bar herum Leute unterwegs waren. Er hämmerte gegen die Tür. Damit hörte er erst wieder auf, als ein alter Sushi-Koch kam, den Kopf schüttelte und »Geschlossen!« rief.

John machte die Geste des Betens (oder Bettelns) und formte mit den Lippen das Wort »bitte«.

Der Mann schloss die Restauranttür auf, öffnete sie einen Spaltbreit und zeigte auf das »Geschlossen«-Schild.

»Tut mir leid, Sie zu stören. Sind die Hibachi-Köche noch da?«

»Geschlossen. Kommen Sie morgen wieder.«

»Nein. Ich habe heute Abend hier gegessen und muss nur mit einem Ihrer Köche reden.«

Der Mann schüttelte verwirrt den Kopf. John schrie in das Restaurant: »Hallo! Hier ist Taco! Ich brauche Ihre Hilfe!«

Das Geschrei ließ den Alten die Tür schließen und verriegeln. Während er das tat, kam der Hibachi-Koch – jetzt in Jeans und einem grauen Sweatshirt – nach vorn. John winkte ihm zu, und er winkte zurück. Er sprach mit dem alten Mann und öffnete dann die Tür.

»Haben Sie was vergessen?«

»Nein. Ich weiß, das ist eine ungewöhnliche Bitte, aber ich brauche Ihre Hilfe. Es ist wichtig.«

Die Miene des Kochs gefror, und er schüttelte den Kopf.

»Ich habe Schwierigkeiten, einem Japaner zu e-mailen – einem Mann aus Okinawa –, was an der Sprachbarriere liegt.«

»Tut mir sehr leid. Ich nicht verstehen.«

John zog das Smartphone seiner Frau heraus,

zeigte darauf und sagte langsam: »Würden Sie das, was ich sage, auf Japanisch für mich eingeben? Bitte? Es ist sehr wichtig.«

»Ich nicht verstehen.«

»Na schön. Aber wenn Sie schwindeln, wenn Sie in Wirklichkeit aus … *Maryland* oder so sind, dann sollten Sie sich schämen. Ich weiß, dass es sonderbar ist, aber wir haben Weihnachten, und Weihnachten lässt Menschen Sachen machen, die sie normalerweise nicht tun würden. Mir ist egal, wenn Sie Weihnachten nicht feiern. Es ist die einzige Zeit des Jahres, in der die Leute halbwegs anständig zueinander sind, und ich dachte, Sie könnten mir helfen, weil Sie bei allem, was sie machen, ziemlich beeindruckend sind.«

Als der andere ihn verständnislos ansah, beruhigte sich John und schüttelte dem Koch die Hand. »Tut mir leid. Es tut mir leid, dass ich Sie behelligt habe. Sie haben vorhin alles richtig gemacht. Ich hoffte, sie könnten für mich noch einmal Frieden stiften, aber was soll's. Falls Sie mich aber verstehen und sich nur verstellen, dann schämen Sie sich, Sir. Bye-bye.«

»Bye-bye.«

John hatte den Parkplatz schon halb überquert, da hörte er: »Michigan.«

»Was?«

Er hatte zwar immer noch einen leichten Akzent, doch der Koch sagte einfach: »Ich bin in Michigan groß geworden. Nicht Maryland.«

»Sind Sie überhaupt Japaner?«

»Ja. Wir sind hergezogen, als ich zwölf war. Man kommt viel leichter durch den Tag, wenn man so tut, als verstünde man nicht, was die anderen zu einem sagen.«

John lachte. »Können Sie mir helfen?«

»Ja.«

»Oh, danke. Ich bezahle Sie auch.« John griff nach seinem Portemonnaie. »Also, ich habe nur 'n Zehner übrig, aber ich werde –«

»Ich nehme kein Geld an. Ich hätte Sie nicht belügen dürfen. Sagen Sie mir, was ich eintippen soll.«

John erzählte die ganze Geschichte, doch als er zu erklären versuchte, wie wichtig die Angelegenheit war, deutete der Koch auf seine Uhr und sagte, seine Frau erwarte ihn bald. John gab ihm das Smartphone.

»Ich bin dann soweit«, sagte der Koch.

»In Ordnung. Und ergänzen Sie ruhig Sachen, wenn Sie wollen. Tippen Sie ›Hallo. Hier ist Johns Freund‹, und dann Ihren Namen – Verzeihung. Wie heißen Sie?«

»Yuuto.«

»Ich bin John Duncan.«

»Taco John. Sie sagen, er ist aus Okinawa?«

»Ja, Sir.«

»Wissen Sie, wie alt er ist?«

»Nein.«

»Wir nehmen am besten an, dass er älter ist. Weiter.«

»Schreiben Sie ›Ich übersetze für John, weil Sie und er Verständigungsprobleme haben. John sagt, nach seinen Informationen ist das Saxophon nicht neu lackiert worden. Sie sollen wissen, dass ich Sie nicht beschwindeln wollte.«

Als John sah, wie lange er brauchte, um innezuhalten, sich über die Wortwahl klarzuwerden und dann zu tippen, sagte er: »Mir war wohl nicht klar, wie viel ich von Ihnen verlange. Verzeihen Sie, dass ich Ihnen so viel Mühe bereite.«

»Auch wenn ich die Übersetzung genau treffe, sind die Gedanken hinter den japanischen Wörtern oder wie er diese Wörter aufnimmt – es ist schwer zu erklären.«

»Ich vertraue Ihrem Urteilsvermögen. Formulieren Sie es so, wie es gesagt werden muss. Und ich werde mich kurzfassen.«

John wusste nicht, was er als Nächstes sagen sollte, als er darauf wartete, dass der Koch zu Ende tippte.

»Okay«, sagte Yuuto.

»Sagen Sie ihm, ich weiß, ich war einverstanden, ihm das Geld zurückzuzahlen, aber dass mein Leben gerade auseinanderfällt.«

»Das würde ich nicht sagen.«

»Warum nicht?«

»Das zeigt ihm, dass Sie keinen Stolz haben.«

»Das stimmt ja auch. Meine Füße riechen nach saurer Milch.«

»Sie sagen, Ihr Leben fällt auseinander, und er glaubt vielleicht, Sie wären kein ehrenwerter Mann.«

»Von Ehre wird mein kleiner Sohn nicht satt.«

»Ist mir klar. Aber wenn er einer älteren Generation angehört, und das tut er wahrscheinlich, weil er Jazz mag und das Geld hat, das Saxophon zu kaufen – ach, vergessen Sie's. Ich werde eintippen, was Sie wollen, befürchte aber, er wird an Ihnen zweifeln.«

»Was sollte ich denn sagen?«

»Ich würde mich an die Fakten halten.«

Und so vertraten John und Yuuto gemeinsam die Auffassung, dass das Saxophon noch seine Originallackierung hatte, und Yuuto schlug vor, den Mann zu fragen, weshalb er sich so sicher sei, dass das Instrument überholt worden war. Warum solle John sich ohne eine Erklärung damit abfinden?

»Und könnten Sie ihm als P.S. sagen, wie dringend eine rasche Antwort ist?« Yuuto nickte.

»Ich erwarte nicht, dass Sie auf eine Reaktion warten. Vielen Dank für Ihre Hilfe.«

»Moment. Jetzt sind wir schon so weit gekommen – geben wir ihm fünf Minuten Zeit.«

»Danke sehr. Normalerweise antwortet er sehr schnell, weil er sein Geld zurückhaben will. Oje, wie viel Uhr ist es denn in Japan?«

»Es ist Nachmittag. Ich warte. Ich bin schon neugierig, was er sagt.« Sie lachten über Yuutos Interesse an dem Ergebnis.

»Das Essen war übrigens umwerfend. Die Show, die Sie geboten haben – Sie wissen ja nicht, wie schwer es mir fiel, meine Familie in diesem Urlaub glücklich zu machen. Es war schön, dass ein Weilchen etwas Frieden herrschte.«

»Sie haben sich gut gehalten.« John lachte. »Nein. So viele Dads – die sitzen da, sind aber gar nicht anwesend. Aber Sie haben sich um die Kinder gekümmert. Ich sehe, wie die Leute wirklich sind, die Wahrheit, weil sie glauben, dass ich nicht zuhöre. Ihre ganze Familie – das sind gute Menschen. Der andere Mann war wie Sie. Die ältere Frau, Ihre Mom, nehme ich an, sie war nett zu den anderen Leuten. Und die beiden jüngeren Frauen waren sehr gute Mamas. Das habe ich daran gemerkt, wie sie mit den Kindern gesprochen haben. Sie haben eine gute Familie.«

»Oh«, sagte John, als verspüre er einen wohligen Schmerz.

»Und die Kinder – gut aussehende Kids. Gute Kids.«

»Oh.« Und kurz darauf klopfte Yuuto John auf den Rücken, weil John weinte.

»Was ist los, Taco?«

»Wenn ich Sie das sagen höre – recht haben Sie. Aber manchmal will ich sie alle einfach verlassen.«

»Das ist in Ordnung.«

»Und Sie sollen wissen, wie sehr ich Sie schätze, auch wenn ich Sie kaum kenne.«

»Das weiß ich schon. Ich bin beeindruckend bei allem, was ich mache.« John lachte und wischte sich die Tränen am Ärmel seines Sakkos ab.

Dann meldete sich das Handy. »Er hat geantwortet.« John gab das Telefon Yuuto und versuchte, aus dessen Reaktion schlau zu werden, doch es gab keine Reaktion.

»Nun?«, fragte John.

»Vielleicht hatten Sie vorhin recht. Schreiben wir ihm, dass Ihr Leben auseinanderfällt.

»Was hat er *geantwortet*?«

»Er schreibt, er will Ihnen keine Schwierigkeiten machen und weiß, dass Sie ihn nicht reinlegen wollten, aber er sammelt so was seit fünfzig Jahren und ist sich sicher, dass es nicht die Originallackierung ist. Er schreibt, das Saxophon sei höchstens viertausend Dollar wert. Er lässt sich nur auf eine volle Rückzahlung ein, die Sie ihm bereits versprochen haben. Seine Formulierungen – die klingen, als wäre er fest entschlossen.«

John nickte, er war nicht überrascht. »Haben Sie noch andere Vorschläge, außer ihm zu sagen, das Geld könnte meine Familie retten?«

»Die meisten von uns feiern heutzutage Weihnachten. Sie könnten ihn bitten, an Weihnachten Güte zu zeigen. Bei mir hat's funktioniert.«

»Ich dachte, ihr wärt alle – ich dachte nicht, dass ihr Christen seid.«

»Die meisten Japaner sind Anhänger von Shinto und Buddhismus, dennoch feiern wir Weihnachten.«

»Soll das heißen, Sie *müssen* Weihnachten nicht feiern, tun's aber *freiwillig*?«

Das brachte Yuuto zum Lachen. »Ich muss los. Sagen Sie mir, was Sie tippen wollen.«

»Schreiben Sie ihm, er kriegt sein ganzes Geld bis zum Neujahrstag zurück.«

»Wirklich?«

»Ja. Ich werde es noch mal bei eBay anbieten und hoffentlich ein wenig mehr als viertausend Dollar erzielen. Und ich werde mir Arbeit suchen, koste es, was es wolle.«

Als die E-Mail gesendet worden war, bedankte sich John überschwenglich bei Yuuto und sagte dann: »Ich weiß, dass ich Sie schon genug belästigt habe, aber wenn ich Sie schon mal hierhabe, muss ich Sie unbedingt etwas fragen. Sie scheinen Ihr Leben ziemlich gut im Griff zu haben – das heißt, bestimmt sind Sie genauso verkorkst wie jeder andere auch, aber falls Sie doch etwas *wissen* oder *haben,* was ich nicht weiß oder habe, wie lautet Ihr Geheimnis?«

»Seh ich aus wie ein beschissener Glückskeks?«

»Aber nein! Ich –«

»Das war doch nur Spaß, Taco. Tatsächlich habe ich eine Antwort parat, wenn Weiße mir Fragen nach dem Leben stellen. Warten Sie hier.«

Yuuto ging zurück ins Restaurant. John warf einen Blick auf Megs Smartphone und sah die Meldung »zwei Anrufe«. Er hatte keine Ahnung, wie er diese Anrufe verpassen konnte. Während er noch überlegte, wie er an die Mailbox herankam, kehrte Yuuto mit einem Sanddollar in der Größe einer Vierteldollarmünze zurück.

»Ich möchte Ihnen diesen Talisman geben.« Bei dem Wort »Talisman« lachte John. »Was denn?«

»Ich komme mir vor wie in *Der Hobbit* oder so was.«

Yuuto gab John den Sanddollar. Auf einer Seite

befand sich ein lächelndes, engelhaftes Gesicht mit einem einzelnen japanischen Schriftzeichen darunter. Auf der anderen Seite war ein wütendes, dämonisches, gehörntes Gesicht. Beide Gesichter waren sehr detailgetreu.

»Haben Sie die gezeichnet?«

»Ja. Mit Stift und Tinte.«

»Sie sind ein großartiger Künstler.«

»Danke sehr. Künstler zu werden war mein Traum. Doch stattdessen jongliere ich mit Messern. Nun zu diesem Talisman. Wenn Sie vor einer schwierigen Entscheidung stehen, werfen Sie ihn. Lassen Sie ihn für Sie entscheiden. Aber nicht vergessen, bevor er landet, werden Sie schon wissen, was Sie tun *wollen*. Und genau das sollten Sie auch tun.«

»So leben *Sie*?«

»Ja. Um das zu verstehen, habe ich viele, viele Jahre gebraucht. Entschuldigen Sie, aber jetzt muss ich gehen.«

John dankte Yuuto noch einmal, dann versuchte er wieder, Zugriff auf die Mailbox zu bekommen. Plötzlich fiel ihm etwas auf, und er lief zu Yuuto, der gerade den Motor seines Achtziger-Jahre-Minivans angelassen hatte.

»Aber wenn Sie Künstler sein *wollen*, warum sind Sie dann Hibachi-Koch? Sie machen doch nicht das, was *Sie* wirklich wollen, oder?«

»Sie sind clever, Taco John. Sie wollen unbedingt Ihr Gesicht wahren. Sie sind eine Nummer für sich. He, wenn Sie das nächste Mal in Destin sind, kommen Sie hier vorbei, vielleicht können wir dann ein paar Bier trinken.«

»Na klar!«

»Haben Sie einen Rat für mich?«

John sagte eine Formulierung, die ihn fast während seines ganzen Erwachsenenlebens begleitete. »Einfach immer weitermachen. Man muss kämpfen.«

Zum letzten Mal wünschten sie einander frohe Weihnachten.

Zurück in seinem Nissan Altima, hörte John endlich die Nachrichten von der Mailbox. Die erste war von seiner Schwester. Sie sagte: »He. Du musst wirklich zurückkommen. Ruf uns bitte an.« Die zweite war von seiner Mutter: »John, ich weiß nicht, was du vorhast, aber komm nach Hause. Meg hat getrunken. Ich sag dir das wirklich ungern, aber komm bitte zurück.«

John raste vom Parkplatz und auf den Highway. Hatte er das ausgelöst? Dadurch, dass er am Strand getrunken hatte, durch den Zwischenfall im Einkaufszentrum, seinen plötzlichen Aufbruch?

»Nein.« Das sagte er sogar laut. »Nein. Das ist nicht meine Schuld.« Er schaute auf den Beifahrersitz, wo der Sanddollar lag, und er dachte, dass er wahrscheinlich immer die Antwort kennen würde, die er haben wollte, das Problem aber darin bestand, dass er nicht einmal wusste, welche Frage er stellen sollte.

An einer Ampel rief er seine Mom an, sagte ihr, er sei unterwegs, und dass es ihm leid tue, dass er sie mit dieser Sache alleingelassen habe, »aber die gute Neuigkeit ist, dass ich die Sache mit dem Saxophon geklärt habe. Ich bin ins Restaurant zurück und habe unseren Hibachi-Koch dazu gebracht, mir ein paar E-Mails zu übersetzen, und ich habe dem Käufer klargemacht, dass ich ihm den Kaufpreis doch nicht zurückzahlen werde.«

»Das ist großartig! Schön für dich.«

»Ja. Ich bin in fünf Minuten da. Sorgt nur dafür, dass die Kinder nichts mitbekommen. Ich weiß, Meg würde nicht wollen, dass die Kleinen sie so sehen.«

KURT MARTI

Warum ich keine Weihnachtserzählungen mehr schreibe

1. Weil mir zu Weihnachten nichts einfällt. Weshalb fällt mir nichts mehr ein?

2. Weil es ohnehin schon viel zu viele Weihnachtserzählungen gibt (wenige gute, manche mittelmäßige, viele schlechte).

3. Weil dem horriblen Weihnachtsgeschäft mit Konsumartikeln das Weihnachtsgeschäft mit Weihnachtserzählungen (in den Medien, in zahllosen Sammelbänden und -bändchen) nur zu gut entspricht.

4. Weil die zu vielen, zu gut gemeinten, zu erbaulichen Weihnachtserzählungen den krankmachenden, konflikterzeugenden Druck auf die menschliche Psyche nur noch verstärken. Sie verschärfen in den Lesern, Leserinnen jene ohnehin schon bestehende Spannung (Weihnachtssyndrom), die meint, an Weihnachten etwas Besonderes erleben, tun oder fühlen zu müssen.

5. Weil die biblischen Weihnachtslegenden sowie die alemannisch-germanischen Weihnachts- und

Winterstimmungen erzählerisch längst überstrapaziert worden sind.

6. Weil die Unmenge von Weihnachtserzählungen (auch Weihnachtsgedichten) dem Weihnachtsfest eine Priorität verleihen, die ihm gegenüber den anderen christlichen Festen theologisch nicht zukommt. Ostern, Pfingsten sind die christlich relevanteren, für die Verkündigung weitaus bedeutsameren Feste. Darum widerstehen sie der gefühligen Vereinnahmung und der erzählerischen Vermarktung besser.

7. Weil die unverhältnismäßige Vorherrschaft der Weihnachtsthematik die christliche Literatur – falls von einer solchen ernstlich noch gesprochen werden kann – ebenso verdorben und verzerrt hat wie die erzählerische Dürftigkeit oder sogar Stummheit anlässlich des Oster- und erst recht des Pfingstgeschehens.

8. Weil das Weihnachtsfest, konsumistisch aufgeblasen, theologisch entleert, total verbürgerlicht ist und erzählerisch bloß noch affirmative Bürgerlichkeit reproduziert (CDU-Literatur, gewissermaßen).

9. Weil – summa summarum – Weihnachten in unseren nördlichen Breiten längst zer-zählt ist.

10. Weil – wenn schon! – Ostererzählungen, Pfingsterzählungen ungleich wichtiger wären, ich selber aber nicht fähig bin, zu einem gegebenen An-

lass oder Thema Geschichten zu erfinden. Erst müsste etwas passiert oder von mir erlebt worden sein. Bisher habe ich leider noch nie etwas Erzählenswertes erlebt, das einen direkten Zusammenhang mit dem christlichen Festkalender hat.

Nachweis

Jussi Adler-Olsen (* 2. August 1950, Kopenhagen)
Kredit für den Weihnachtsmann. Aus: Karoline Adler (Hrsg.), *Schau, wie schön der Christbaum brennt.* Aus dem Dänischen von Hannes Thiess. Copyright © 2011 by dtv Verlagsgesellschaft, München

Maxim Biller (* 25. August 1960, Prag)
Weihnachten. Aus: Maxim Biller, *Moralische Geschichten.* Copyright © 2005 by Verlag Kiepenheuer & Witsch GmbH & Co. KG, Köln

Wiglaf Droste (* 27. Juni 1961, Herford)
Das letzte Tabu. Aus: Wiglaf Droste, Nikolaus Heidelbach, Vincent Klink, *Weihnachten.* Copyright © 2007 by DuMont Buchverlag, Köln

Marie von Ebner-Eschenbach (13. September 1830, Schloss Zdislawitz/Mähren – 12. März 1916, Wien)
Fräulein Susannens Weihnachtsabend. Aus: Marie von Ebner-Eschenbach, *Fräulein Susannens Weihnachtsabend und andere Erzählungen.* Union Verlag, Berlin 1967

Daniel Glattauer (* 19. Mai 1960, Wien)
Gebrauchsanweisung für das familienfreundliche Absingen der wichtigsten Weihnachtslieder. Aus: Daniel Glattauer, *Der Karpfenstreit. Die schönsten Weihnachtskrisen.* Copyright © 2015 by Paul Zsolnay Verlag GmbH, Wien

Joey Goebel (* 2. November 1980, Henderson)
Sich irgendwie durchwursteln (Originaltitel: *Muddle Through Somehow*). Aus dem Amerikanischen von Hans M. Herzog. Originalbeitrag für diese Anthologie. Copyright © 2013 by Diogenes Verlag, Zürich

Axel Hacke (* 20. Januar 1956, Braunschweig)
Die Christbaumkugel. Aus: Axel Hacke, *Alle Jahre schon wieder.* Copyright © 2009 by Verlag Antje Kunstmann GmbH, München

Franz Hessel (21. November 1880, Stettin – 6. Januar 1941, Sanary-sur-Mer)
Geschichte des alten Mädchens. Aus: Franz Hessel, *Von den Irrtümern der Liebenden.* Igel Verlag, Paderborn, 1999

Erich Kästner (23. Februar 1899, Dresden – 29. Juli 1974, München)
Eine nette Bescherung. Aus: Erich Kästner, *Morgen, Kinder, wird's nichts geben!* Atrium Verlag, Zürich 2011. Copyright © by Thomas Kästner

Eduard von Keyserling (15. Mai 1855, Tels-Paddern/Lettland – 28. September 1918, München)
Geschlossene Weihnachtstüren. Aus: Eduard von Keyserling, *Feiertagsgeschichten.* Steidl Verlag, Göttingen 2008, 2009

Kurt Marti (31. Januar 1921, Bern – 11. Februar 2017, ebenda)
Warum ich keine Weihnachtserzählungen mehr schreibe. Aus: Kurt Marti, *Geduld und Revolte: die Gedichte am Rand.* Copyright © 2011 by Radius-Verlag GmbH, Stuttgart

Alexander Osang (* 30. April 1962, Berlin)
Stille Nächte. Aus: Alexander Osang, *Lunkebergs Fest.* Erzählungen. Copyright © 2003 by S. Fischer Verlag GmbH, Frankfurt am Main

Gerhard Polt (* 7. Mai 1942, München)
Mein schönstes Weihnachtserlebnis. Aus: Gerhard Polt, *Bibliothek.* Copyright © 2012 by Kein & Aber AG, Zürich – Berlin

Joachim Ringelnatz (7. August 1883, Wurzen – 17. November 1934, Berlin)
Weihnachten in der Tropenhitze. Aus: *Weihnachten mit Ringelnatz.* Diogenes Verlag, Zürich 2009

Eugen Roth (24. Januar 1895, München – 28. April 1976, ebenda)
Das Weihnachtsbild. Aus: *Das Beste von Eugen Roth*. Zusammengestellt von Christine Reinhardt. Copyright © 2008 by Sanssouci im Carl Hanser Verlag, München

Saki, eigentlich Hector Hugh Munro (18. Dezember 1870, Akjab/Birma – 14. November 1916, Beaumont-Hamel)
Der Nemesis-Tag. Aus: Saki, *Sämtliche Erzählungen*. Aus dem Englischen von Claus Sprick. Haffmans Verlag, Zürich 1998. Abdruck mit freundlicher Genehmigung des Übersetzers

Ingo Schulze (* 15. Dezember 1962, Dresden)
Schöne, wertvolle Dinge. Aus: *Das Geschenk*. Ein literarischer Adventskalender ausgewählt von Peter Mathews. Copyright © 2001 by Berlin Verlag in der Piper Verlag GmbH, Berlin

Bernhard Strobel (* 1982, Wien)
In guter Gesellschaft. Aus: Bernhard Strobel, *Nichts, nichts*. Erzählungen. Copyright © 2010 by Literaturverlag Droschl, Graz/Wien

Martin Suter (* 29. Februar 1948, Zürich)
Die Anstatt-Frage. Aus: Martin Suter, *Das Bonus-Geheimnis und andere Geschichten aus der Business Class*. Copyright © 2009 by Diogenes Verlag, Zürich

Karl Valentin (4. Juni 1882, München – 9. Februar 1948, Planegg bei München)
Das Christbaumbrettl. Aus: Karl Valentin, *Gesammelte Werke*. Copyright © 1985 by Piper Verlag GmbH, München

Bücher zur Weihnacht im Diogenes Verlag

»Dann und wann empfand er das Bedürfnis, tief aufzuatmen, denn jetzt, da der Gesang, dieser glockenreine A-cappella-Gesang die Luft erfüllte, zog sein Herz sich in einem fast schmerzhaften Glück zusammen. Weihnachten...«
Thomas Mann, Weihnacht bei den Buddenbrooks

Früher war mehr Lametta
Bitterböse Weihnachtsgeschichten. Herausgegeben von Daniel Keel und Daniel Kampa
Auch als Diogenes Hörbuch erschienen, gelesen von Ingrid Noll, Martin Suter und Anna König

Nicht schon wieder Weihnachten!
Hinterhältige Weihnachtsgeschichten. Ausgewählt von Daniel Kampa

Früher war Weihnachten später
Scheinheilige Weihnachtsgeschichten. Ausgewählt von Daniel Kampa

Schöne Bescherung
Hinterhältige Weihnachtsgeschichten. Ausgewählt von Daniel Kampa

Diesmal schenken wir uns nichts
Geschichten für eine entspannte Weihnachtszeit. Ausgewählt von Ursula Baumhauer

Lichterloh
Geschichten unterm Weihnachtsbaum. Ausgewählt von Kati Hertzsch

Kinder-Adventsbuch
Weihnachtsgeschichten für jeden Adventstag. Ausgewählt von Daniel Kampa

Weihnachten mit Loriot

Weihnachten mit Ringelnatz
Zusammengestellt von Daniel Kampa

O du fröhliche, o du selige Weihnachtszeit
Die schönsten deutschen Weihnachtslieder und -gedichte von Walter von der Vogelweide bis Wilhelm Busch. Mit Illustrationen. Ausgewählt von Anne Schmucke

Freue dich!
Geschichten für eine gutgelaunte Weihnachtszeit. Ausgewählt von Margaux de Weck

Ray Bradbury
Das Weihnachtsgeschenk
und andere Weihnachtsgeschichten. Ausgewählt von Daniel Keel und Daniel Kampa

Raymond Briggs
O je, du fröhliche
Aus dem Englischen von Ingeborg Neske

Was macht der Weihnachtsmann im Juli?
Deutsch von Lionel v. d. Knesebeck

Jean de Brunhoff
Babar und der Weihnachtsmann
Aus dem Französischen von Françoise Sérusciat-Brütt

Charles Dickens
Weihnachtslied
Eine Gespenstergeschichte. Aus dem Englischen von Melanie Walz. Mit Zeichnungen von Tatjana Haupmann und einem Essay von John Irving
Auch als Diogenes Hörbuch erschienen, gelesen von Hans Korte

René Goscinny & Jean-Jacques Sempé
Weihnachten mit dem kleinen Nick
Zehn prima Geschichten vom kleinen Nick und seinen Freunden. Aus dem Französischen von Hans Georg Lenzen

Tomi Ungerer
Achtung Weihnachten
Hinterhältige Weihnachtsgeschichten und -gedichte. Ausgewählt von Jan Sidney. Mit vielen Bildern von Tomi Ungerer

Außerdem erschienen:

Früher war noch mehr Lametta
Hinterhältige Weihnachtsgeschichten von Ingrid Noll, Doris Dörrie, Martin Suter und Guy de Maupassant
Diogenes Hörbuch, 1 CD, gelesen von Anna König, Hans Korte, Martin Suter und Cordula Trantow

Früher war noch viel mehr Lametta
Hinterhältige Weihnachtsgeschichten von Ingrid Noll, John Irving, Doris Dörrie und Martin Suter
Diogenes Hörbuch, 1 CD, gelesen von Anna König und Jochen Striebeck

Weihnachten mit Ingrid Noll
Diogenes Hörbuch, 1 CD, gelesen von Uta Hallant

Joey Goebel –
eine andere junge Stimme
im Diogenes Verlag

»Joey Goebel wird als literarische Entdeckung vom Schlag eines John Irving oder T.C. Boyle gehandelt.«
Stefan Maelck / NDR, *Hamburg*

»Solange sich junge Erzähler finden wie Joey Goebel, ist uns um die Zukunft nicht bange.«
Elmar Krekeler / Die Welt, Berlin

Vincent
Roman
Aus dem Amerikanischen von
Hans M. Herzog und Matthias Jendis

Freaks
Roman
Deutsch von Hans M. Herzog
Auch als Diogenes Hörbuch erschienen,
gelesen von Cosma Shiva Hagen, Jan Josef Liefers,
Charlotte Roche, Cordula Trantow
und Feridun Zaimoglu

Heartland
Roman
Deutsch von Hans M. Herzog

Ich gegen Osborne
Roman
Deutsch von Hans M. Herzog

Martin Suter
im Diogenes Verlag

»Martin Suter hat die seltene Gabe, Schweres leicht erscheinen zu lassen. Er schreibt einen Bestseller nach dem anderen, die inhaltlich wie literarisch glänzen.«
Michael Knoll / Bücher, Kiel

»Wenn es überhaupt einen Schriftsteller gibt, dessen Feder man gern entsprungen wäre, dann ihn.«
Elmar Krekeler / Berliner Morgenpost

Die Romane:

Small World
Roman
Auch als Diogenes Hörbuch erschienen, gelesen von Dietmar Mues

Die dunkle Seite des Mondes
Roman
Auch als Diogenes Hörbuch erschienen, gelesen von Gert Heidenreich

Ein perfekter Freund
Roman

Lila, Lila
Roman
Auch als Diogenes Hörbuch erschienen, gelesen von Daniel Brühl

Der Teufel von Mailand
Roman
Auch als Diogenes Hörbuch erschienen, gelesen von Julia Fischer

Der letzte Weynfeldt
Roman
Auch als Diogenes Hörbuch erschienen, gelesen von Gert Heidenreich

Der Koch
Roman
Auch als Diogenes Hörbuch erschienen, gelesen von Heikko Deutschmann

Die Zeit, die Zeit
Roman
Auch als Diogenes Hörbuch erschienen, gelesen von Gert Heidenreich

Montecristo
Roman
Auch als Diogenes Hörbuch erschienen, gelesen von Wanja Mues

Elefant
Roman
Auch als Diogenes Hörbuch erschienen, gelesen von Gert Heidenreich

Die *Allmen*-Krimiserie:

Allmen und die Libellen
Roman
Auch als Diogenes Hörbuch erschienen, gelesen von Gert Heidenreich

Allmen und der rosa Diamant
Roman
Auch als Diogenes Hörbuch erschienen, gelesen von Gert Heidenreich

Allmen und die Dahlien
Roman
Auch als Diogenes Hörbuch erschienen, gelesen von Gert Heidenreich

Allmen und die verschwundene María
Roman
Auch als Diogenes Hörbuch erschienen, gelesen von Gert Heidenreich

Außerdem erschienen:

Richtig leben mit Geri Weibel
Sämtliche Folgen

Business Class
Geschichten aus der Welt des Managements

Business Class
Neue Geschichten aus der Welt des Managements

Huber spannt aus
und andere Geschichten aus der Business Class

Unter Freunden
und andere Geschichten aus der Business Class

Das Bonus-Geheimnis
und andere Geschichten aus der Business Class

Abschalten
Die Business Class macht Ferien

Alles im Griff
Eine Business Soap
Auch als Diogenes Hörbuch erschienen, gelesen von Stefan Kurt

Cheers
Feiern mit der Business Class
Auch als Diogenes Hörbuch erschienen, gelesen von Stefan Kurt

Business Class
Geschichten aus der Welt des Managements
Diogenes Hörbuch, 1 CD, live gelesen von Martin Suter

Joachim Ringelnatz im Diogenes Verlag

1883 in Wurzen geboren, zeigte Hans Bötticher, der sich später Joachim Ringelnatz nannte, schon in der Kindheit Spürsinn fürs Abenteuerliche und Skurrile. Nach der Schulzeit fuhr er vier Jahre lang als Schiffsjunge und Matrose zur See und machte den ersten Weltkrieg als Kommandant eines Minensuchbootes mit. 1920 taucht er in der Münchner Boheme auf und rezitiert im ›Simpl‹ der Kathi Kobus. Dort entdeckt ihn Hans von Wolzogen für seine Berliner Kleinkunstbühne ›Schall und Rauch‹. Entscheidenden Erfolg erringt Ringelnatz mit den *Turngedichten* und den Liedern vom Seemann ›Kuttel Daddeldu‹. Als reisender Artist trägt er überall seine Verse vor und wird zu einem Klassiker des deutschen Humors. 1933 Auftrittsverbot und Beschlagnahme seiner Bücher. Völlig mittellos geworden, stirbt er 1934.

»Jemand schrieb einmal über Ringelnatz: ›Er hat den Stein der Narren entdeckt (welcher dem der Weisen zum Verwechseln ähnlich sieht).‹ Der Jemand war ich, aber die Formel hat trotzdem ihre Richtigkeit. Joachim Ringelnatz war rundherum ein absonderliches Exemplar Mensch, in Erscheinung und Wesen, in seinem Leben und Dichten. Ein Eulenspiegel, wenn auch einer aus Sachsen, mit koboldischer Lust am Durcheinanderbringen von Sinn und Unsinn. Sein Humor hatte eine derbe und eine sublime Seite, und unnachahmlich bleibt die geistige Grazie, mit der er von der einen zur anderen hinüberwechselte.«
Alfred Polgar

»Ein adliger Schwärmer edler Art mit einem Dichterherzen und einem kleinen Vogel im ritterlichen Kopf.«
Hermann Hesse

»Wer hat so viel Achtung und Liebe vor fremdem Leben, vor der fremden Fülle, der Wichtigkeit der andern, den Mikrokosmen der andern ...?«
Kurt Tucholsky

Das Gesamtwerk in sieben Bänden in Kassette
Herausgegeben von Walter Pape

Kuttel Daddeldu
Gedichte

Gedichte und Prosa
in kleiner Auswahl

Die wilde Miß vom Ohio
und andere ungewöhnliche Geschichten. Mit 42 Handzeichnungen von Joachim Ringelnatz

Als Mariner im Krieg

Das Ringelnatz Lesebuch
Herausgegeben von Daniel Keel. Mit einem Nachwort von Anton Kuh

Sämtliche Gedichte

Sämtliche Erzählungen

Ich habe dich so lieb!
Die schönsten Liebesgedichte. Herausgegeben von Daniel Keel und Daniel Kampa

Meistererzählungen
Ausgewählt von Winfried Stephan

Das große Ringelnatz-Buch
Die schönsten Gedichte und Geschichten mit vielen Bildern von Tatjana Hauptmann

Weihnachten mit Ringelnatz
Zusammengestellt von Daniel Kampa

Evelyn Waugh im Diogenes Verlag

»Einer der großen Meister der englischen Prosa des 20. Jahrhunderts. Es ist nie zu spät, Evelyn Waugh zu lesen und wiederzulesen.«
Time Magazine, New York

»Sollte ich Evelyn Waugh in meinem nächsten Leben, im Himmel oder in der Hölle begegnen – ich werde niederknien und ihn anflehen, mir eine Geschichte zu erzählen.« *Astrid Rosenfeld*

Verfall und Untergang
Roman. Aus dem Englischen von Andrea Ott

Lust und Laster
Roman. Deutsch von pociao

Schwarzes Unheil
Roman. Deutsch von Irmgard Andrae

Eine Handvoll Staub
Roman. Deutsch von pociao

Scoop
Roman. Deutsch von Elisabeth Schnack

Mit wehenden Fahnen
Roman. Deutsch von Matthias Fienbork

Wiedersehen mit Brideshead
Die heiligen und profanen Erinnerungen des Captain Charles Ryder. Roman. Deutsch von pociao. Mit einem Nachwort von Daniel Kampa
Auch als Diogenes Hörbuch erschienen, gelesen von Sylvester Groth

Scott-Kings moderne Welt
Erzählung. Deutsch von Otto Bayer

Tod in Hollywood
Eine anglo-amerikanische Tragödie. Roman. Deutsch von Andrea Ott

Helena
Roman. Deutsch von Peter Gan

Gilbert Pinfolds Höllenfahrt
Ein Konversationsstück. Roman. Deutsch von Irmgard Andrae

Ohne Furcht und Tadel
Roman. Deutsch von Werner Peterich

Ausflug ins wirkliche Leben
und andere Meistererzählungen. Ausgewählt von Margaux de Weck und Daniel Kampa. Deutsch von Otto Bayer, Hans-Ulrich Möhring, Matthias Fienbork und Elisabeth Schnack